门萨的学徒

mensa's apprentices

李海洋 著

新星出版社 NEW STAR PRESS

我们度尽的年岁，好像一声叹息。

——《诗篇90：9》

1

1996年，天色严酷。少年袁逍像只肮脏的蜥蜴贴在黑糊糊的课桌上，苟延残喘。他对老师的讲课充耳未闻，小手不自觉地探向挂在裤带上的摩托罗拉汉显的砖头BP机。这玩意儿在1996年还满大街都是，没过两年就被手机逼得无处逢生。这是前些天袁逍好不容易从家里搞到的。少年的手指头上沾满滑腻的汗水。绿色的屏幕闪烁着，随着震动亮了起来，"B-B"的声音响了。老师愤怒地停下手里的课，同学们将头扭了过来，窃窃地笑了。

"滚出去。"老师一直走到最后一排，用书扇了一下他的头。

袁逍二话没说，站起来走出教室，贴着墙根站好。蝉开始鸣叫，老师慢慢地踱进教室，然后少年突然张开架势，就连衣角也没头没脑地箕张而开。他以完美的速度开始奔跑。

坐在窗口的同学告诉老师的时候，袁逍的影子已消失很久了。

老师扶了扶眼镜，摇头并且叹息。

少年的身体打开，像一张弓，命运的弦在不经意间猛然绷紧。

谁也不能预料未来，包括我也不能。我就是袁逍。

好吧，为了让我能更利索地说话，我还是收起这套文绉绉不中用的把戏。虚荣华丽的外表并没有多少意思，有时会让人觉得愚蠢。正如那个时候的我，十六岁，一米七四的大个子，当然，还有一张讨姑娘喜欢的脸蛋。这多少归功我的父母，但我宁愿把这张脸还给他们，或者对着镜子用锤子把这张脸敲碎。

当初马娇丽认识我的时候，她说过她喜欢的就是这个。尽管我是个十足的恶棍，但那时候，小娘们儿都喜欢这样的。她们屁颠儿屁颠儿的，愚蠢得像小母驴。那时候，我十六岁，性欲正在生长。尽管周围环境恶劣，一派道貌岸然，但马娇丽也不是什么贞娃烈女。要知道，职高这种地方，并不鲜见这种娘们儿。没到一个星期，她就跟我上了床，在她家她的床上——我父母常年在家。再过了一个月，可能是由于无休止的做爱，这小娘们儿居然怀了我的种。开始我还会偷我父母抽屉里的套子，他们的单位不发工资，发这个用于安抚民心，可见用心多么险恶。但他们那时已经基本没什么性生活，导致堆积了很大一坨，没个什么数。后来我也懒得去拿，我本来就不喜欢这个玩意儿，马娇丽也不喜欢。

好吧，1996年，翻翻史书，你们会知道一个外号叫种马的小子是多么前卫。

这就是我逃课的原因。我不喜欢上课，老师也不喜欢我上课。我们那个时候教学质量还很差，一个学校能考上十个大学生就不错了。或者说我所在的学校本来就很烂。无所谓，打发时间而已，何必那么认真。只是下午三点在街上任由阳光炙烤是很痛苦的事情，尽管我是爷们儿。但没办法，我得找到王小山，并和他找的一群杂碎一起打牌，赢光他们的钱，干掉马娇丽肚子里的崽子，然后一脚踹掉她，再也不和她见面。

这只是臆想中的事情，多半不靠谱。但对于1996年的袁逍，没有比这更靠谱的了。毕竟我没蠢到去抢银行，尽管那样简直酷毙了。

　　这世上没什么善男信女。王小山他们不过和我是一丘之貉，甚至比我更为畸形。他们习惯在角落里抽烟骂人盯着姑娘的下半身，或许赌博也是他们的习惯之一。我七拐八转，好不容易才找到他的家。在他家门口的破水龙头前，我用水打湿头发，让它们尽量地竖起来，这样看起来多少有点剽悍。事实就是这样，如果他们认为你是技术型的，那么不如给他们整点生猛的。

　　我破门而入的时候，屋子里一下子安静下来，只剩下电视里没完没了的呻吟声——一帮傻爷们儿在看三级片。那几乎是他们最好的娱乐。他们停下来，王小山走过去把碟机关掉，谁都明白游戏已经开始了。人们聒噪得如一堆被阉割的鸭子，扎金花这个游戏就是这样。我叼着烟卷，很快把牌撩了起来。不似那帮人神经兮兮像娘们儿一样的小心翼翼，J78，我直接扔掉牌。

　　游戏的过程并不是那么值得叙述，只有扔钱撂牌搂底三个简单的过程。有两个狠角色奉行一直蒙着牌不看的政策，当然，这样可以博双倍。我的钱不多，只有八十一块七毛。这多少怪我的父母，他们知道我的德行，对我的钱控制很紧，其实他们也没多少钱。

　　用风卷残云高歌猛进，形容我那天下午的运势，再恰当不过。只用了一个半小时，加上毛票等等就赢了接近两百块。

　　几个小瘪三坐在那里唉声叹气，他们手上的钱越来越少，基本丧失了与我们几个对决的资本，可以无视。然后该死的砖头BP机又响了起来。上面有一行蝇头小字：逍王八，干什么呢？我没有理会，但当我抬起头的时候，牌已经发好了。我隐然感觉到情形不妙，或者那只是一些心理暗示：色赌相克。果然我的牌面很尴尬，双10。六个人，按照概率，这是不大的牌。我扔掉它们，瞅着王小山，让他把手边的烟递给我。

扁三五。进口。假货。混合香。索然无味。

情势如江河日下。那一把是一个A收底。我看看表，决定来三把猛的，时间已经不多了，而我的钱却还不够。第一把我蒙到三十进去，开始有四个人跟，其中两个扔掉。最后我以双3险胜单A。第二把我继续蒙，无人跟，只收地十多块，没意思。第三把我的手抖了一下，四下安静，光线突地一暗，命运之轮开始转动，像是坏掉的罗盘迷失了方向。我蒙到七十看牌，789红心顺金，这几乎是天大的牌，只剩下三个人，王小山是其中之一。他凶悍地看着我，我点了一下桌上自己的钱，差不多一百五，一起进去。他们都看着我。1996年通货膨胀，对一个穷学生来说这已经是一记大手笔。

那一年我偷看了我爸的工资单，二百八十三块。

另一个人已经扔掉牌。王小山吸了一口气，撩起牌看了看，一个笑在这个龟儿子的脸上绽放，他跟了。我不动声色，没钱了，但我决定干掉他。赌场无兄弟，何况他算个毛兄弟？我跟他认识不过三个月，起因是一起为泡妞斗殴。那个时候，年轻人没什么事做，就喜欢做这样无聊的事情。我拿了旁边桌上哥们儿的一百块。这个小子数了半天才递给我，钱很零散，生怕数错。我扔了进去。王小山也没钱了。他站起身，走进他爸的卧室，不久便响起了锤子砸在木头上的声音。他撬了他爸的抽屉！

第三第四版夹杂的人民币，一摞，他豁出去了。

我愣住了。铆上了，没有退路。虚空中的马娇丽正在抚摸自己的肚皮。

"开吧，"我说，"谁赢谁拿走。"

王小山没说话，直接开始捡钱。人们都看着他，他歪着头，烟卷以一个嚣张的角度指向天花板，把牌扔在中间，有人伸手去撩，看了一眼又去看我的牌，但我知道已经不用了。直到现在我还不知道那副牌究竟是几的豹子，2345678910JQKA都有可能。

我退出屋子的时候，天色已经黑了，身上只剩下十块钱。这就是我这个月的生活费，以及堕胎费。屋子里还有那张用数学本上的纸写的一百块欠条。

过了好多年，2005年或者2006年，管他呢，我在回家的街上看见长得烂肥的王小山搂着一个姑娘招摇过市，傻里傻气的，我很想过去把他掀翻在地，用脚狠踩他的肚皮。但也就是想想，我已经过了那个年纪。这话说得很浑，当然，我的意思是，我年轻的时候真的很浑。我很想走进对面馆子的厨房，抄起一把菜刀，冲进去把他们洗劫一空，但很可能寡不敌众，他们的四肢都很发达。我也只能坐在他们家门口的台阶上犹豫不决了。

漆黑一片，只有ＢＰ机的光亮在黑暗中闪灭。

去他妈的，我关掉机器。

不想回家，反正今天本来就是逃课，我奔上长街，气势汹汹，像一辆小坦克。

1996年，整个城市还处在一片灰色之中，不似现在这般明亮。天幕如同一只巨大的壳，笼罩在四方，传说中的笼盖四崖也不过如此。我竭力保持混沌的状态，不去回忆其中的任意一个细节。比如我认识马娇丽，我和她上床，我认识王小山，我和他打牌。

我瞎转着，脑瓜亦是如此。大约四百块钱，如果问我的朋友每个人借十块的话，这的确是个好主意。大脑皮层开始过滤四十个人的样子，淫荡的猥亵的漂亮的吝啬的。我的生活费每个星期不过十五块，这样还下去，大约需要两个学期。两个学期没有早饭晚饭，那我哪还有力气走路打球打炮？如此这般，种马的名头不是要浪得虚名了吗？这样我只有去求我的父母了。方案有两种：一是请求他们增加我的花销，情况好的话会到二十块，那样还是需要一个学期，没有什么区别。二是直接请求他们搞定自己的孙子。这他们应该会出手，也不会在男女之事上怪我，哪个父母会怪自己的儿子多交几个妞？但是如果这个儿子只有十六岁，而且承载着考大学的希望呢？

我几乎可以看见他们为我筑成的一座监狱，那里只有书，甚至书上带女的字都会用×代替。这很难说，我爸是政治部的，什么事情都搞得出来。

缜密的逻辑分析导出的绝望结果，让我有些发蒙。这是正常的，毕竟我还年轻，经验不足。不过去他妈的，我转过一个街角，看到那家店子，我此刻只想找点乐子。

2

　　有些人愚蠢地问我是什么乐子。1996年，我一再强调的字眼，能有什么乐子？不过是三室一厅这样低级的地方。那时还没有HI吧，窑子也很少，可抽的也只有四号或者大麻，不过我一样也搞不到。我掀起鲜红色的帘子，一个猫腰钻了进去。

　　一家小型规模的游戏厅，里面的哥们儿像排萝卜一样种在机器前。他们的脸被屏幕的光彩弄成只有德库拉才配有的惨白。小年轻们各式各样，当然，我也是小年轻。他们穿着当年最流行的喇叭裤和牛仔上衣，头发不再是千篇一律的锅盖头，而是流畅的碎发，碎得像玻璃碴一样插在脑后。嘴里是过滤嘴的烟卷，口袋里说不定还会放上一把三块钱的蝴蝶刀。

　　这就是那个时候最时髦的装备。

　　我买了些铜币，在人群中挤了一会儿，打算好好释放一下。暂时忘记那谁谁谁的小娘们儿。这真他妈没心没肺，不过无所谓。那时候卡普空的街霸不再流行，起码在我们那片是这个样子，取而代之的是称谓SNK公司的拳皇系列。经典的97和98要在这之后一两年内冒出泡来，既然如此，也只有KOF96聊以自慰了。

　　游戏和女人是我的最爱，除此之外，再无其他。

1996年的袁逍，就是这么喜欢瞎扯淡。

96的机器被一个矮个的黄毛占着，我投币的时候他看了我一眼。这厮长得很平常，不值得赘述。我很快选择了三个我擅长的人，疯子（八神），火机（草鸡）和帽子（克拉克），那时候还没出无耻的BOSS版，竞技还有些意思。然而这小子也不是什么善茬，我毫无悬念地连输四局，腰包里只剩下一个铜板。他歪着头，得意地冲我撇嘴。我摇着头转过身，然后再转过去，猛地抓住他的头发使劲往下一磕，直接砸在机器的外壳上，顺手拉灭他的机器。

黄毛像是一个笑话，或许他本来就是个笑话。他捂着头，仰视我，哭喊着："你为什么打我？"

我懒得理会这小子，示意周围的人继续玩乐，也示意风骚的老板娘坐着别动，我是她的老客户了，她知道我的分寸。我摸摸他的头，又觉得他有些可怜，这厮还是个初中生的长相。我掏出最后的那个铜板，塞在他手心里。

他打掉手心的铜板，擦了一把眼泪跑了出去。

我决定去玩点别的，但游戏最终和女人一样形同鸡肋。

命运的手在我准备拐角的地方开始招呼我。当然，谁也没有招呼我，我只是打个比方而已。一群人围在两台机器的前面，机器上飞起一连串的彩灯，仿佛一个巨大的谜。

"我靠，又跑了。"他们用拳头使劲地砸机器。

"小三元哦，赢了可就一百多块啊。"

我转过身，没错，两台老虎机，或者说是水果机、苹果机。

我迈开一步，一个持续多年的噩梦就这样开始了。

我当时玩的那种，面板上散乱地分布着苹果、橙子、青瓜、铃铛、西瓜等等很多的符号，你按键押分，中了的话就可以获得相应赔率的奖金。那时候我对此一无所知，类似程序单片机混沌，统统都是扯淡。我只是看别人玩过，听见过如清铃般涨分的声音，还有就是兑换而成的钞票。

"你还有钱么？"围在那的人问。他翻翻口袋，空空如也。

"我靠，已经赔了一百多进去了。"对方很沮丧，摇摇头。

他们走了，围观的人也开始散去，一帮穷学生，只有看别人玩的份。我坐在机器前的小板凳上，彩灯依旧旋转，没头没尾。

"上分。"我转过身子，对老板招招手。

八块的分一共八十点，每押一次的本金是五分，即五毛。我留下一块钱，不至于一无所有，等会也许可以坐个摩的回去。

面板排列如下：

BAR　双七　西瓜　双星　青瓜　铃铛　橙子　苹果

赔率分别是这样的，苹果是一赔五，青瓜铃铛橙子一赔十，双星一赔二十，西瓜一赔三十，双七一赔四十，而大BAR，一赔五十，不过本人观战无数，却从未见有人中过。

点哪个好呢？人群又聚拢过来，看我伸出一根手指。

"就是他！"高分贝的声音在狭小的空间里被压榨得更加刺耳。我扭过头一看，是那个小黄毛。他的身后还站着一条长杆，发育得很好，显然是他哥哥之类的人。这样被揍了叫哥哥的孩子我见过很多，没什么好怕的，大不了就是再来一架。可是这一次不同，那哥哥看起来很强大，动作快得像一只小野豹。后来我才知道他是练过散打的，有国家二级运动员的水平。

他只用一只手便将我的脸压在机器的按键板上，这没有什么，重要的是我听见押分的声音不停顿地窜了进来，原因是按住我的头来回地在上面碾压。他按在左侧，或者是我脑袋的形状特殊？等我怒吼地站起来，已经晚了，八十分一点未剩，全部压在了大BAR、双七和双瓜上面。其中大BAR五十点，双七二十，双瓜十点，这说明他用力不均匀。这几乎是我最后的八块钱了。

人们暗爽地叫起来骂我傻逼。我回头看了一眼，扬起拳头准备扑过去。就在这时，旁边一个好事的小孩帮我点了开始键。

我顾不上了，毕竟我也是个火爆脾气，是在家里敢和我爸对打的人，在华丽的伴奏下我们战成一团。

彩灯闪烁，老板娘跑过来一边护住机器一边想要拉开我们。

"哇哦。"人们惊呼的声音很整齐。整个面板上的彩灯一起亮了，发出悲切的鸣叫。当然，它只是为老板娘鸣叫而已。事情发生之前总会有预兆，即便很多年以后，我也仍然是那个游戏厅的传说。我和那黄毛的哥哥停止了争斗，来见证一个神话的诞生。

那个红点开始游弋，拖着很长的尾巴。它呼啸着，像一列火车。爆机了！一共产生了四个点，先是停在了大BAR上，显分的数字开始玩命地跳，还没有停止，红点又诡异地出现在双七双星和双瓜的点位上。

一个大BAR加大三元！

大家安静下来。我推开那哥们儿，谁还有工夫打架呢，等会儿我可以用分置换成的钢蹦砸死你。

1996年6月，生活翻开新的一页。我揣着三百五十块的巨款走上华灯初上的街头。我打开ＢＰ机，决定给马娇丽回个电话。

3

　　"这就是开始,那以后我就迷上这个。"1998年,香港回归已经一年有余,我坐在武汉市的台阶上,满嘴酒气地对着坐在我旁边的那小子说。他端正地坐在那儿,穿着白衬衣和黑裤子,下面是一双洗得发白的双星球鞋,有些土里土气的。他的膝盖顶住一本华贵的万宝龙大头笔记本,和他的身份完全不相吻合。哦,他还戴着眼镜,他习惯的动作是去抽一下鼻梁骨上的镜架。在十分钟的时间里,重复了大约七次,这真让人匪夷。他笨拙敏感紧张,涉世未深。总而言之,这就是我第一次见到方的情形。

　　"哎,对了,你叫什么名字?"他笑了笑,转过头来。

　　"袁逍。"我有些不耐烦,"你问第三次了。"

　　"我的记性不好。"他拍拍自己的脑门。

　　"你呢?"

　　"叫我方吧。"他淡淡地说。

　　"名字?"

　　"就叫方吧,名字不重要。"这厮满不在乎的样子。于是我耸耸肩膀,做出纯爷们儿的样子。

　　"后来呢?"他饶有兴致地问。

后来？我想了想，抬起头又灌了一口手中的枝江。

老虎机，或者叫角子机、赌博机，叫什么都好。Slot Machine，是这个小玩意儿最初的名字。1895年，工业时代，机器大行其道。一个叫查理·斐的机械工，不知出于何种动机发明了这个东西。魔鬼始终没有放弃过寻找他的代言人，不是查理·斐，就是詹姆斯·斐。历史上关于这个人的来历背景，没有任何记载。在旧金山南部的破败农场，他做出了这个机械怪物。长方形，铸铁，内部带有三个卷轴，外设一个投币口，以及类似蒸汽火车推进器的启动把手。只需填入一枚角子（筹码，如同今天的铜板），扳动手柄，内部的齿轮便开始犬牙交错地摩擦。如果用力恰到好处，齿轮正好合乎某个位置，机器会自动吐出相应赔率的角子。1899年，Liberty Bell，作为现代老虎机的雏形横空出世，由三个圆鼓组成，每个鼓上都有十个标志：牌的花色、马蹄和铃铛。铃铛在每个鼓上只有一个，出三个铃铛的组合中最大的奖。每个鼓的转动都是独立的，和其他两个鼓无关，按照从左到右的秩序它们依次停止，停留在十个点中的任一个的概率是相同的，均为1/10。后来出现四五个鼓面的老虎机，但原理机制没有改变，直到上个世纪80年代，随机数发生器代替了机械鼓，编辑的程序代替了齿轮的转动，按键代替了拉柄，苹果赛车动物代替了三七柠檬等符号，最终发展成现在这个模样。

最开始它可能在任何地方，酒吧饭馆商店都可以。在上个世纪90年代的中国，它最先出现在游戏厅，成为吞噬卑微渴望的机器。然后，仿佛一夜之间它们规模浩荡地聚拢在一起，出现在大量的游戏终端体中间。

我以为自己交了好运，三百五十块，加上我平日存下的一些私房钱——虽然说男孩子存私房钱是件很龌龊的事情，但终于派上了用场。我还掉外债，最重要的是我除掉了那个差点出世的孽种，尽管这样对他不公平。陪马娇丽打胎的是她的闺蜜，我没有去。我知道那不是个好事情。当然，我对她说的是，亲爱的对不起，我下午有课，就不能陪她去了。那时候，那个傻妞还很相信我，在我的脸颊上亲了一下。我搂住她，在街道拐角热吻、道别，接着我一头扎进了游戏厅。

从那之后，我把所有的精力和金钱完全赔在这上面。几乎一有时间，我就会光顾那家店子。女人大腿黄片学习，统统成为无聊的事情。我的脑子里只有旋转的彩灯和该下的注码。我和马娇丽还纠缠了一阵子，不过很快大家都觉得没意思，就分手了。她是个看得开的姑娘，这让我很欢喜。虽然她并非我的初恋，但却是第一个为我怀上孩子的女人。到现在我还记得她，大概是因为那之后我都没有交过女朋友的原因。我怀念她，仅此而已。

后来，作为生活的另一部分，我再也没有赢到过一毛钱。尽管偶尔运气会好一点，但随即的概率不会永远倾向你，大部分的时间我输掉所有的零花钱。我面黄肌瘦，作为惩罚，我没有早饭和晚饭吃。有时候我会节制一点，那只出现在我饿得不行的时间。那些日子，我玩遍了几乎所有的机型，甚至包括为数不多的连线机。那是在1997年，我们那儿开了一个大型场子，可是依旧找不到哪一台机器适合我，似乎只有输，但是我停不下来。我也奇怪，沾上这玩意儿就仿佛抽上了四号一样。

我欠过一些钱，也偷过父母的钱，不过无伤大雅。年轻人嘛，犯错误难免的，我这样安慰自己。最后就是高考，在那最热的七月，我失去最后的尊严，只考了二百多分。好在我爸爸的关系还行，他以前的战友在市教育局，想办法帮我弄到了一个职业学院的名额。毕业后可以直接在武汉市的机械厂就业。于是我揣上两千块学费，拎上一口大箱子，爬上了通往武汉的火车。

"有趣。"方又抽了一下自己的眼镜，"但这和你来找我有什么关系？"

"聪明人是不会打断别人说话的。"我撇撇嘴。

方耸耸肩，无可奈何地任由我嘲笑。

1998年，武汉花花绿绿的，比我所在的城市要好上很多，虽然热了点，但对我来说就像个小天堂。我把东西放到寝室，和室友小胖子一起去报到。路上我们闲聊起来，无非是一些你从哪里来要到哪里去的琐事。最后他问我，我的学费准备交不。

"交啊，不交干吗，两千多呢，不见了怎么办？"我说。

"你傻啊，你存到银行不就行了，我哥哥以前就是这学校毕业的，他说学校只会在每个学期的末尾才催交学费，你谎报个贫困生，存起来，现在的利率挺不错的。"小胖子长得虎头虎脑的，眼里泛着光。于是我没交学费，跟他一样把钱存在了工商银行里。

我说着，掏出存折，递给方。方伸手接了过去，看了看说："啊，一二三……取了十七次，还有三块钱？"

花钱是很简单的事。我把存折拿回来，眼睛不住地扫描那些黑色的数字。

1998年9月25日，—200，余额1800。

1998年9月30日，—300，余额1500。

……

利息还没有开始计算，我就已经取走了好几笔的款项。

"三和路你知道么？"我问方。

"我是本地人，知道的。那可不是个好地方。"

"是啊，很乱，我第一次去的时候就知道了。不过没什么，毕竟那有一家场子，很大，足有七百个平方。一家大型的游艺中心。那些射击啊赛车什么的大型机我完全没兴趣，我喜欢的只有老虎机。我也忘记自己是怎么知道那地方的，不过事情总归是这样：我来，我玩，我输钱。在那儿，我见到了很多我没见过的机器，比如跑马、三七、赛车、彩金、泰山等等。很强大，我几乎在里面泡了两个月，结果如你所见，现在我只有三块钱了。"

"你想问我借钱还是怎么着？"方皱了下眉头。

"看得出来，"我把手上的酒瓶放在地上，"你也没几个钱。"

方笑着点点头。

"我所在的学校，虽然不像你们武大那样光鲜，但也算是个不错的地方。里面包罗万象，什么机械加工模具制作机床，实实在在的手艺，能混口饭吃。但里面的老师却都是他妈的王八蛋，没什么好东西。不过我认识一个老师，看着有点傻，但人其实很灵光。"

我一进学校就开始混日子，其实学校里没几个人不在混日子的。那时候远不如现在，技术工人是大家都瞧不起的玩意儿，而正牌的本科大学生还凤毛麟角，是个稀罕的物件。2008年，我认识的硕士研究生已经可以组成一个加强连。而在1998年，上面提到的方却是我认识的第二个本科生。我第一个认识的就是那个老师，刘唐。要过些日子我才知道，刘唐在武汉市的老虎机圈是如此的赫赫有名。

各行各业之间存在一定的壁垒和联系，最后很容易在一个单一的行业形成一个个的小圈子。类似工会的组织，但远不及它严密，比如说娱乐圈文学圈，当然，还有猪圈羊圈之类的。如果你在这个圈子里成为口口相传的人物，那么混饭吃就是相当简单的事情。

学校不大不小，能容纳几千人。刘唐一开始教的是别的班级，也没什么特别的地方。他长得很中庸，不很丑但也绝不帅气。无所谓在不在意，我根本不认识他。其实除了班上的几个小美妞，我也不认识几个人。所谓本性难移，是理所当然的事。泡妞很简单，偶尔陪她们逛逛街，看看电影，聊一些她们很自以为是的心事就解决了。

我记得有一个叫胡云云的，模样和身材都不错，不知为何流落于此。不过我和她没什么关系，就吃过两顿饭。但有一段时间，她和我走得很近，一起去食堂打饭，下课了还要拉我去操场上转两圈。我们的操场是煤渣子路，走起路来很不舒服。这样过了大约一个星期的光景，就连同寝室的小胖都以为我和这妞铆上了。可我什么也没干，连手都没拉过。不是我不想拉，小胡总是一副很矜持的样子，让我不知道如何下手。由此可见，我是一正人君子。

"你天天拉着我干什么呢？"有一回，我实在被那煤渣子路硌得受不了了，就问她。

"怎么？不愿意啊？"胡云云撇过头。

"愿意。外面传我俩处呢，可你知道，我还没捞到啥好处。"说完，我色迷迷地看着她的胸部。那个时候，天色微微地黑了下来，一派淫荡的气氛包裹住我们的身躯。

"去去去。"胡云云没好气地说，"你怎么和那些男的一样呢？"

"哪些男的？"我顿时来了精神，除了喜欢泡妞和打机，八卦也是我的爱好之一。

"那那那，"她的手往四面八方很有派头地乱指，"那——"最后一个那，她的手突然停顿在了空中。

我顺着她的手指看过去，借着微暗的光，一个红色的烟头在一棵台湾松旁闪了一下，旋即便不见了。

"他在跟踪我。"她的手有些抖。

"别岔开话题，"我一下拉住她的手，把她揽在怀里，在她的耳边吹气，"我们亲热亲热？"

"滚蛋。"胡云云一把推开我，然后瘫倒在地上，双手捂着脸——这丫头哭了。她哭的声音很怪，像是初生的婴儿。

众所周知，我最怕小妞哭了。我蹲下来，像个小怪物一样伸出手拨撩了她一下。"你别哭啊，我跟你开玩笑呢。"

"我没哭你啦。"她哭得快停得也快，像交通信号灯一样转变自如。

"那是怎么了？"我问。她扭过头去，不说话。

"你说啊！"我把脸对着她，像只哈巴狗。

"我最近老被人烦，所以才找你当我挡箭牌的。"她有些不好意思。

"哦。"我不再看她。

"对不起。"她低声地说。

"是谁啊？"我问，顺便从衬衣的荷包里掏出一支烟。

"你不认识啦。"她想站起来。

"我问是谁？"我一把把她拉住。

"刘唐，电子系的老师。"她顿了一下，越想越生气。

"这么恶心的老师，"我啐了一口，"就刚才那抽烟的吧？怎么不跟学校反映？"

"跟学校说，万一被反咬怎么办？"

"这也不是办法。我帮你教训他？当然，如果……"

"什么？"她凶了一下。

"如果姑娘你能把胸部借我看一下的话。"我斜着眼睛。

"去去。"她摆摆手，"算了，来的时候就听姐姐说这学校乱，还真是如此。"

我耸耸肩，不置可否。大抵是没有什么好处，这丫头虽然漂亮，但好像对我也没什么意思，实在让人提不起精神。毕竟我只是一泥菩萨，不是什么大侠客，会拔刀相助，但我没有刀，甚至连买都买不起。不过无缘无故被人利用，想来真有些泄气。

第二天，我站在阳台上晒太阳的时候，看见了那个猥琐男正盯着我看，我于是转着脸盯着他，最后他放弃了，闪开了。这真他妈可笑，如果昨天晚上胡云云给我看了她的那么什么什么的话，今天也许我就找同学揍他了。老子才不管他是不是老师，那年我十八岁，血气方刚，下半身依旧生机勃勃。

我扭过头看了看教室的胡云云，她绯红的脸，可真好看。

我想了想，明天是星期六，今天晚上不如就去打机吧。

一下课我就到学校门口坐了个公交车直接溜了，本来晚上在学校技术大楼的三层还有舞会，是个泡妞的好去处，我寝室的小胖子为这事准备了一个星期。以公共的名义淫乱，想来可真够土气的。再过一些年月，我们大可以请小妞喝星巴克吃哈根达斯，完了再去环球剧院看个片，之后天色也就不早了，就可以直接去开房了。

时间真是个好东西。

4

　　我到的时候，那儿已经有不少人了，有很多是在外面玩模拟的赛车和射击游戏。我则直接来到里面的那个大厅。十几个人，有几张是熟面孔，经常在这儿玩，都是输家。那个正在玩马机的大胡子，据说以前是个小老板，几年前还时髦地称呼为万元户，可是沉迷上这个玩意儿，老婆也跟人跑了，我只要来就能看到他，可见他瘾之大。前几天还和他说过话，据说他在这输了七八万，真他妈有钱！所以要是他哪次玩没钱了，一般跟管理员说一声，就多少会再给他上点分。

　　我每次看见他，总在想有一天会不会也和这老男人一样。但我那时候还年轻，想着想着就忘记了。

　　我身上就几十块钱，因此决定先看看几个哥们儿玩。我瞎转悠着，最后还是忍不住了，找了一台奔驰宝马赛车的机器坐了下来。之前看人玩过，我知道一些规律。一般如果一台机器之前有人押了不少分，但没怎么赢的话，我们管这叫热机，它吃了一定的分数，吐分的几率比较大。但这其实并不怎么中用，因为一台机器是否发"热"，很难判断，但赌徒们还是会为这微量的概率憧憬不已的。

　　我玩了一会儿，输了五块钱，机器总与我押的相悖，当我押大众的车标，它却跑到宝马上面，反之亦然。我有些烦，就停下来，敲击着面板，然后扭过头，想去看看那个大胡子。他也总是输，沮丧的样子可以让我多少安慰一些。

大胡子的旁边坐着一个人，抽着根白条的万宝路，正在对大胡子指点。他扭过头吐烟圈的时候，我赶紧把头背过去，奶奶的，居然是刘唐。

世界真他妈小。赌钱也要看心情，看见这厮，我一点玩的心情也没了，胡云云的脸老在眼前飘。我慢慢地退下机器里剩下的分，跑到柜台上把硬币换成钞票，准备走人。

我刚转过身，刘唐和那个大胡子也站了起来。我低下头，人家压根儿没正眼瞧我，只是在大厅的周围扫视一圈。当时大厅里乱哄哄的，我想找个机会溜掉。走到门口，听见赌厅里管上分的两个堂倌在那嘀咕。

"这个人好像有些面熟。"

"你看谁都面熟。"

"你不想要奖金了吧？这矮子像是个高手，快去叫老板。"

"真的假的，别害老子白跑一趟。"那个小哥拗不过，只好跑出去找老板了。

高手这两个字仿佛两只小白兔一样蹦跳着窜进我的耳朵，我想了想，突然停下了脚步，反转过身子，看着刘唐。他在一台机器前面端详了好久，最终决定坐了下来。

命运就是如此玄妙，那台机器很多年前我就见过，最普通不过的水果机，待在角落里毫不起眼。这么多年了，我已经很少玩那种机器了。

大胡子正要招呼上分，刘唐伸手制止了他，在机器的背面一阵摸索，按下开关，关掉了机器，再打开再关掉，如此反复数次。别的举动我就看不见了，但他引起了人们的注意，有三两群的人站在他们的后面。

"上分。"大胡子的声音和他的模样一样的剽悍。

堂倌不迭地跑过来，瞥了坐在椅子上的刘唐一眼，刘唐却持续地抽着白条，没有理会。小伙子不情愿地掏出上分的钥匙。大胡子掏出五十块钱，红色的数字开始跳跃，与我的不同，五十块只有冷漠单薄的五十点。

我亦步亦趋，藏匿在人群的最后面。堂倌此时就站在我的左侧，严密地看着刘唐。

刘唐想了想，伸出手指，押了一点的苹果，仅仅是一点的苹果。他按下启动键，熟悉的红色开始流窜，像是命运的线。伴随着刺耳的蜂鸣，停在二十倍的青瓜上。他又押了一点的苹果，这一次却停在两倍的小青瓜上。他再押苹果，如此反复，五十的点数只剩下四十点，他已经押了十次的苹果。

"嗨，哥们儿干啥呢，跟苹果死磕呢。"

"傻逼。"人们议论着。

大胡子也有些不解，但不知道怎么表达，看来对刘唐还有几分的忌惮。刘唐却不为所动，继续猛击按键，这回是十三点的苹果。

有人摇头，看似懂行的样子。

"机器在吃分呢，你看都连跑了五把小了。"

"也是哦。"有人附和着。

依旧未中，红点落在了机器的"空门"程序点上。所谓"空门"也就是在那里没有一个标识，不管你押多少点都会被直接吃掉。大家都跟着欷歔，我看着大胡子的脸上冒了些汗，五分钟不到，上面就只剩下二十七点了。刘唐也跟着晃了晃脑袋，接下来的几把他押的一直在变换，有时候是青瓜和橙子，有时候是橙子和双瓜，直到点数只剩下十点，面板上的红点缓慢地停在了小双七上。

"再上点？"大胡子问。

"不用。"那是我第一次听见刘唐说话。

即使隔着数米远，我都能够感到他眼睛里的光，那仿佛是一个信号。刘唐的双手摊开，完全笼盖在机器的押分按键上，谁也没能看到他押的是什么，总之十点的分数全部押干净，然后启动。

红点慢吞吞地停在双星的点位上，数字猛地一跳，但是并没有停止，红点一分为二，又跳跃在双瓜的点位上，再分三，最后才是双七。大三元，总分是240分。我心算了一下，那十点估计全都押在三元上了。

人们开始诧异。我在揣测只是巧合抑或是埋伏好的预谋。当我想再看他玩一把的时候，刘唐却看看手上的腕表，站起身，拍拍大胡子的肩。

"吃宵夜去吧。"

大胡子兴奋地站起来，摇着手招呼兑分。

堂倌已经跑到远处，抓着脑袋，不时扭头看着外面，估计是想等老板来。

"快点啊。"大胡子已经等不了了，估计这厮很少赢，虽然不多，就两百块。

堂倌无奈，只好打开抽屉。人群合拢又分开，大胡子拍着刘唐的肩膀，慢慢地走出去。我低头跟着，一直到门口，看着他们消失在夜幕下。

"妈的，在哪儿？"一个矮胖男人气喘吁吁地跑过来，"多少？"

"两百块吧，不多。"堂倌有些沮丧，也有些胆怯。

"他们走哪去了？"老板问。

"那边，去夜市了吧。"我手指了一下。

老板白了我一眼，点点头，急着跟了出去。

我一个人慢慢地走向公交车站，琢磨着刘唐这个人。回头找人打听打听吧，我想。

"真玄乎。"方说，"他真是个高手？"

"以我现在的水平来看，他肯定是高手了。我找人打听过，也跟踪过他两回。"

"你跟踪他？"

"对啊，我跟踪他，我他妈都穷疯了，转念一想，想找个人带带我。"

"后来呢？"

"后来我就找个机会认识了他，并且想让他带着我玩。"

"你想让我带你玩？"在学校旁边的一个小馆子里，刘唐伸手接过了我递给他的三五。学校附近买不到万宝路，况且我平常还只抽四块钱的宝山呢。

我已经不想去回忆那个时候猥琐的样子了，我矮下半个身子，像一只哈巴狗。

"凭什么？这顿饭？"他剔着牙，指了指面前的一桌菜。

菜挺好的，有宫保鸡丁鱼香肉丝等喜闻乐见的货色。

我尴尬地笑了下，他的样子像锥子一样尖刻。

"那我出钱，你帮我玩总可以吧。"我低声下气得像个娘们儿。

他没说话，只是翻着白眼盯着我。

"上回你还帮那个大张（那个大胡子）玩过呢。"我觉得底气不足，又加了一句。

"大张我认识很多年了，你呢？"

"哎呀，到底要怎么样你才答应我？"

"没可能，怎么都没可能！"

"我可输惨了。"

"输的人多的是。"

"哎呀，刘老师，你就带我玩玩啦。"

"玩着玩着你学会了怎么办？"

如此这般，即使是三寸不烂舌也早成了绣花针。最后我只能豁出去了，亮出最后的底牌。他要是带我玩，我就帮他泡胡云云。他要是不带我，我保证他碰不到她分毫。

他抬起头瞪着眼睛，看了好一会儿，几乎都让我有些发毛了，接着他站起来，我也站起来，俯视着他。

"我告诉你，"他有些气急败坏，"你别拿胡云云要挟我。你自己玩输了钱，是你自己的事，没本事，就别他妈去玩。"

我又去找过他几次，赔着笑跟他道歉，想着都够贱的。就算他指着我的眼睛说你别再烦我啊，我还是厚着脸皮，想着哪一天他可能良心发现。

后来我才知道这根本就是白搭。刘唐那王八蛋就是个公报私仇的主，就连胡云云也不理我了。我开始还不知道怎么回事，有一天拉着她问怎么啦？她甩开我的手，吼了句"你自己说过什么话自己知道"就径直走了。

我才想坏了，刘唐肯定是把我和他说的话对胡云云说了。我应该和她解释解释，不过没两天，我就在学校外面看见她和刘唐在一起了。我心想算了，一个女人而已，剽悍的人生何需解释？但是很快，我发现班上的女人没几个理我的，而且看我的眼神写着鄙夷。胡云云是有名的大嘴巴，我的名声彻底被败坏了，以后别想在学校泡妞了。

　　这还没算完，过两天学校还找我们寝室人谈话，问我有没彻夜不归的情况，还查我的学费情况，现在这个款已经催到了我的头上了。我好说歹说，他们才让我在这个学期的末尾补上，要不然就通知我父母。

5

　　"我还没明白，这到底和我有什么关系？"方继续问。

　　"我已经在绝境上了，也许你可以帮我。"我歪着头看着他。

　　"我们只是萍水相逢啊。"

　　我没有理会他，继续说："我开始想办法，先是借钱可惜没人借我。后来我看刘唐那小子混得风生水起，就想着还是从本源着手吧。我们回到原点，知道什么就做什么。我请教老师，在图书馆看书，明白了老虎机的原理。从它的起源到现在，知道它并非是不可掌握的东西。至少某些类型的机器如此，正如刘唐，他也不过是掌握那么多机型中的两种。我想只要智力够用，我也能够找到其中的规律。可惜我才疏学浅，脑子也不够好使，所以我只能去找帮手，现在……"我摊开手看着方。

　　"所以你找到我？"

　　"一开始我也不知道找谁。我想找的人至少是在数学上很有天分的人。我不认识这样的人，一个也不认识，于是我想到了个法子，我知道武大的数学系在全国都很出名。我托朋友，弄了份武大数学系的名单，开始寻觅，希望能找到我的合作伙伴。我已经——"

　　"我有些佩服你了。"方看看我。

"我已经走投无路，别无选择了。你是我找的第七个人，我的故事也已经讲过七遍了。你是这七个人中最有耐性的一个，我查过你的资料，用什么样的手法你就别问了，即使你不愿意告诉我名字我也知道，你叫方哲，哲学的哲。你高考的数学很高，英语却很差，差一点就进不了武大。你马上就大三了，你的专业是混沌。不过你这个人太孤僻，没什么朋友。"

"够了。"方很平静。

"我再说一遍我叫袁道，马上大二，如果我也能在武大，就是你的学弟。对于我的讲述，不知道你有没有兴趣……"我顿了一下，看了一眼他。

"我没兴趣。"方没有片刻思考。

"你再想一想。"

"不用了。"

"那么好吧。"我站起来，揉了揉自己的膝盖。"谢谢，就不耽误你的时间了。"

"你要去做什么？"

"去找下一个。"

"祝你早日找到。"他也站起来，看了一下他的笔记本，迟疑地念着我的名字，"袁道。"

"再会，方。"我颓唐地扬起自己的手，未曾回头。

我想了想，从怀中掏出一个小本，用铅笔将方的名字勾掉。

这样的故事我要讲多少遍？我问自己，像是在自嘲。

天色很晚了，站台上没有一辆公交车，只剩下三五成群的夏利出租车在学校的门口瞎转悠。我很想叫上一辆。那时候，武汉的出租车还很贵，起步价都有八块，是个很奢侈的玩意儿。我想了想，也就三五里路，不如自己走回去算了。我还年轻，腿脚还很好。

不过我走了大约一半，就有些体力不支了。这让我觉得惭愧，觉得自己是废物。也许除了泡妞和交配，便不会再做别的了。

我在马路边上随便找了个台阶坐下来，抽根烟舒缓一下自己的神经，顺便看看还有哪家店子开着，可以买点水喝。我他妈渴死了，像当年的夸父一样口渴。

我曾听说在海上航行的人，即使是一座微暗的灯塔也能照亮他前行的路。那么那个还闪烁着白炽灯光的地方就一定是我的灯塔。我摇晃着站起身，趁着还有点力量就摸索到那儿去。

街边一家小小的店。里面的商品杂七杂八，没什么好的货色。不过矿泉水，很久以后大家都叫纯净水的玩意儿，并不需要多么讲究。

"要关门了。"像铃铛在空气中摇摆身姿的声音。

我第一次看见苏小玉时，她就是这样穿着松垮垮的睡衣，梳着湿漉漉的头发从门后跑出来，对我说了这么一句话。

"我就买瓶水。"夸父暂时无暇顾及老板娘的长相。

"一块五。"苏小玉抬起头看了看我。

我掏出十块钱，递给她，突然听到一阵熟悉的声音。

咚咚咚咚。电子音乐永远那么刺耳。

没错，老虎机，永远的老虎机。

为了证实我的想法，在她找钱的时候，我侧着身子向她背后的小黑屋看去。我很担心这时候冒出个光头的男人，盯着我问，看什么看？不过里面连个毛都没有。大约有两台机器在黑暗中发射着红色的光谱，面板上的指示灯还在不停旋转。转啊转，像个美妙的旋涡。

"看啥呢？"老板娘抹了一把头发上的水，拿着钱在我的眼前晃了晃。

"你这还有苹果机呢？"

"有啊，我这什么都有。"她挑衅似的对我说。

"我下回过来玩啊。"我没答理她。

"好啊。"她转过身子。

我打量了一下她的身材，很丰满很妖娆，是我喜欢的那种。

"这真的什么都有？"走之前我问了一句。

"是啊。"她没好气地说。

"有妞么？"我探头探脑地说了声，就像蝗虫一样飞跑了。

遇见苏小玉是一件很美妙的事情。至少在当时，一路上我都在意淫那个老板娘。

在我认识了苏小玉之后，曾经跟她讲过这些事情，那时候大家都是成年人，或许我们也不曾青涩过。她没有像平日那些没趣的小姑娘敲打着谁谁谁的肩膀，娇嗔笑着说，你好坏哦，而是用手弹了一下我的小和尚，严肃地说道："敢想就要敢上。"

这真他妈带劲！

第二天我没有去上课，事实上我已经有段时间没去上课了。不过也没什么人管我，无所谓。我在寝室翻了翻手中的名册。武大数学系的名单，这是我花了很大的力气，在拜访当年的一个同学，现在是学生会主席的哥们儿，通过一顿牙祭骗取信任，在灌醉他之后偷偷复印的。虽然那个叫方的人拒绝了，不过我依然要说他是最适合我计划的人，他于我简直是量体裁衣。他在随机数学方面的成绩非常棒，我甚至寻找过他的论文。那时候我还没玩电脑，也没有百度，我花了很大的力气，但最后却成了泡影。

不过无所谓，干大事不计付出。而我现在能付出的，除了气力便再也没有别的。

我再次出现在武大是去找方的一个同学，一个女同学。出寝室之前我刻意做了一些修饰。坐上公交车，我突然想到一些奇妙的事情，或许有一天，方和他的同学都会发现自己认识一个叫袁逍的人。

袁承志的袁，逍遥的逍。

我在女生寝室下面等人，想着怎样介绍自己才能显得有档次一点。女生寝室下面乱糟糟的，一些哥们儿在等人，一些哥们儿在楼下议论着女生的内衣颜色，还有一些哥们儿拿着望远镜在远处看。

"哦，袁承志是谁？"那个小妞长相普通，让我提不起兴趣。

"额，你愿意……"

"袁承志的袁是哪个袁？"小妞让我的话咽了回去。

"对不起，打扰了。"我有些郁闷，扭头准备走。

"真是个傻逼。"我暗骂道，"不看金庸的女人是好女人么？"

我想上去抽她，但我在远处看见了一个熟悉的影子，方带着一抹惨淡的影子向我走来。

"好呀。"我打招呼。

"你……"他抬起头，拍着脑袋，胳膊弯儿里夹着那本万宝龙笔记本。

"袁逍。"我提醒他。

"你等等，我查查。"他埋着头翻笔记本。

"哦，袁逍。"他猛抬头叫了一声，可惜那时我早已走远了。

6

　　我不得不掏出笔，将那个傻妞的名字从花名册上划去。我粗略看了一下，剩下的人不多了，但我依然毫无建树，这着实让人沮丧。

　　还好今天不必费口舌对那个娘们儿重复当年我剽悍的往事，所以回学校的时间比昨天要早了很多。站台上还有不少的公交车，通往城市的每个角落。

　　我抖抖兜里的钢镚儿，上了一辆公交车。武汉的师傅开车很嚣张，转眼就到了那个，那个老板娘的店门口。有个染着一缕金毛的小痞子，半趴在柜台的上面，像一只骆驼。不住地跟老板娘调笑，眼神不怀好意地上下打量她。

　　"今天跟我出去玩啊。"小金毛说着。

　　"不行，还要做生意呢。"老板娘伸手挡开小金毛拨撩的手。

　　"哪有生意啊。"小金毛不耐烦地说。

　　"来瓶水。"我像模像样地走过去。

　　"好咧。"老板娘爽快地答应，找了我一把钢镚儿。小金毛斜着眼瞅我。这厮长着一张苦瓜脸，还出来泡妞，真是够恶劣的。我拿到水，歪着头，里屋里的两台机器上有一些人。小孩也有，大叔也有。

"可以进去么？"我掂着手中的钢镚儿。

老板娘扳开柜台上的小门，把我放了进去。所谓引狼入室也不过如此。老板娘今天穿得很正式，全无风骚之感，不过依旧免不了我的意淫。年轻的下半身就如同永动机，永远生机勃勃。

小金毛大概也是一样，走进里屋之前，我瞥了他一眼，他叼着香烟，很蠢的样子，还透着一股猥琐，完全不类我干事的样子。我擦着火，点上，吐一个漂亮的烟圈。

那个圈飘来飘去，最终还是碎了。

我没看见它碎的样子。那时候，我正在里屋看着那个小孩对着机器一顿毫无技术含量的猛拍。两台机器是最常见的玛丽机，不过用着不同的面板而已。一台是苹果铃铛橙子的老主题，另一台是以西游记的人物为主打。我看着那小孩，觉得很有意思。

旁边一台机器上还坐着一个大叔，毫无特征的大叔。他们玩着，身后站着两个穿着拖鞋和裤衩的街坊。我扭头向黑暗中扫视了个大概，除了角落里的两台机器，屋子里大概还有一张床柜子什么的，想来老板娘应该住在这里。不一会儿，小孩的币就被机器吃了个精光。他拍拍手站起来，对旁边的大叔说："爸，玩完了，我们回去吧。"

大叔扭过头，看了看他又看看机器。"等等，我差不多了。"

"快点了，要不回去，我妈又该吵我了。"

大叔的头皮一麻，估计老婆很是夜叉，就将剩下的分下了出来，揣上一兜的钢镚儿，牵着小孩往外走。

"王老板，走了啊。"老板娘起身招呼，那个小金毛不见了。

"是啊是啊。"大叔看老板娘的时候，两眼也放出了光。

"下回再来啊。"老板娘招招手。

我坐了下去开始投币。时间过得很快，特别是在意淫的时候。

我无心打机，老板娘就坐在屋外，看着电视打发时间，里面放着《流星花园》。那四个爷们儿帅呆了，几乎和我一样帅。

"小玉。"我第一次听见苏小玉的名字，却是从那个小金毛的嘴里面跑出来的。他又闯了进来，像一架老旧的抽油烟机，喘息着。"没客人了吧，跟我去宵夜吧。"

"没呢没呢，还有人。"老板娘不耐烦地说。

"谁哦？"小金毛探过头，我则歪过头，如同老板娘一样不耐烦地看他。"你就说要关门了，跟我去吃宵夜。"

"哪能把客人往外赶？"

"那怎么搞呢？我今天等你一晚上了。"

"哎呀，我也没办法啊，不能不做生意啊。不做谁养我啊？"

"我养你撒。"小金毛的声音陡然变得无比淫荡。

"切，你养我？"两人在我面前毫无顾忌地说着，"你还不跟我那老公一样，当初说要养我，出了事，就跑路。"

"我哪能跟楚项东一样呢？当初我就叫你跟我，你不就是喜欢他帅么？"

"我就喜欢帅的，怎么着？"

"帅的？"小金毛不自觉地探头看了一下我。我没理他，难道帅犯法？

"里面那个不会是你刚叼的吧？"

"去你妈的。"老板娘火了，"你他妈给我滚，别有事没事来拿我开涮。"

"你……唉，小玉。"小金毛突然软了下来。

"你快点走，要不老娘发火了。"

"好，苏小玉，你走着瞧，别他妈以为自己长得漂亮，就他妈的拽了。"小金毛也好像发狠了。

"以为老娘好欺负？"小金毛走后，老板娘还在碎碎念。

"谁啊？"我不知何时靠在门框上，撑着懒腰问。

"嗯？"苏小玉扭过头，像只小狐狸那样妩媚。"无赖。"

"来包烟吧。"我说。她拿给我指定的一包。

"你这机器真不好赢。"我岔开话题。

"还好吧。"苏小玉赔着个笑。

"一天能挣不少吧，光吃不吐。"

"哪啊，好的时候也就几十块，客人少，糊口嘛。"她说着，好像真有兴趣和我讨论机器。"我买回来到现在就是这样，别人说能调，可惜我不会。"

"要打烊了吧？"我问。

"还有一会儿。"她瞥着电视。

"老板娘天天一个人在这儿啊？"我也该走了，不过之前我想多说几句。

"是滴，怎样？"她白了我一眼。

"难怪呢，你这么漂亮，又一个人，不由得人家缠着你。"我撂下这句话，也没管她怎么回我，便头也不回地走了。

一半是海水，一半是火焰。这是那个夜晚我想起苏小玉的时候给她做的总结。尽管这个结论很俗气，但终归是一个很有见地的看法吧。总有那么一天，我会把这句话告诉苏小玉，在她的耳边轻轻告诉她。我想着想着就睡着了。

学校那帮催款的一点也没闲着，我刚上了一节课，就被财务那边的科长唤去了。那唤我的趾高气扬，跟唤他家的狗一模样。我当时就忍了，我欠人钱，结果人穷志短。反正我没钱，死猪不怕开水烫，狗也一样。我出来的时候，已经是日上三竿了。上面的意思是，如果我再不交，就通知家长。我死扛着好话说尽，反正我报名的时候联络簿上的电话是假的，当然，地址也是假的。

寝室里的几个小哥们儿都在为自己谋一些差事，好挣点零花，用于泡妞或者别的。我问了问有什么好活儿，仅有的发现，不过是寝室里多了几个苦力、校对、业务员、站街的而已。

大专生的活法可真没劲。

那天我没有等到我要等的人。仍然是个女生，我希望她看过金庸。不过她没来，这让人无奈。年轻的光阴在等待中被挥发掉了，类似酒精。

我又很莽撞地跑到了苏小玉的店子里，换了几个钢镚儿。

她在外屋，我在里屋。我听说世界上最远的距离不是天涯海角，而是我在你身边，却不知道我在意淫你。当时的情形用这句话表示真是恰如其分。

再过上几天，我会遇到以前的一个机友。他问我最近咋不见你人呢？我换地方了我说。其实可以这样理解，如果可以打机泡妞两不误，那简直是太刺激了。但那时我还没这么想，我还是个衰仔。

那时是夜晚九点左右，下着绵绵细雨，惹人烦恼。我进去时，头发湿漉漉的。我伸手一撩，弄成了小马哥当年的发型。苏小玉还在看《流星花园》这部烂片。屋子里的人很稀少，实际上只有那个眼睛发光的大叔和我。

过不了一会儿，那个小孩适时地出现，唤走了大叔。大叔恋恋不舍地看了下苏小玉，消失在雨中。苏小玉有没有看他，我不知道。

这样好死半活过了一个小时，苏小玉的生意简直差极了。除了一个买避孕套的，便再也没有客人。大约十点钟的样子，我听见拖鞋跑动的声音，苏小玉已经杵在里屋的门口。

"小老弟，帮个忙。"她有些紧张。

"啥？"我站起来，有些紧张。

她突然伸手拉灭我的机器，里面还有一些分数。她风急火燎地拔掉电源。"帮我搬下机器，等会儿我赔你分。"

"出啥事了？"我问。

她已经忙活起来，我只得去配合她。机器并不重，她还能腾出手将一扇暗墙打开，露出一片黑黢黢的小空间。我们把机器放进去。她捋了一下头发，对我笑了笑。我不得不承认，那个样子在我的心里面，一住好多年。

"怎么啦？"我故作镇定。

"有人没？"外面有人大声地喝叫。

"来啦。"苏小玉示意我等等，捋了一下头发出去了。我也跟着出去，是几个警察。

"东哥。"苏小玉急忙从柜台下面掏出一包软的玉溪。为首的老警察接过烟，顺便各扔了一支给旁边的两个小弟。

"小玉啊。"老警察点着火，"有人反映你这有点门道。"他说话的时候，脚步已经往里面挪动　我恰好从里面出来，冲着那老警察很谄媚地笑了笑。我越来越觉得自己像条狗了。

"有哪个门道？"我听得出苏小玉的声音故作镇定。

"这谁？"老警察无暇答理她，被我的贸然出现吓了一跳。

"我表弟，最近过来玩的。"我看见苏小玉对我使了个眼色。

"哦。"老警察点点头，招呼着苏小玉进到里屋，好像是攀谈了一会儿。我则真的装出小老弟的模样，拿着烟卷想和两个警察套套近乎。不过他们好像没这个心情，探头探脑地向里张望。看见两条模糊的影子，他们觉得不便打扰，就站桩一样的站在原地，转着眼球。

店子里没什么看的，一些杂物，仅此而已。

"下回注意点。"不一会儿老警察从里屋走了出来，又看了我一眼，若有所思地冲我点点头，最后带着他的两个小弟走了。

苏小玉接着也出来了，她仿佛松了一口气，又看了看我。事情已然过去，气氛显得有些尴尬。

"咋了这是？"我指着远去的背影。

"有人举报我这里。"苏小玉想了想说。

"你那两台机器没执照吧？"

"两台机器办什么执照？"苏小玉笑起来的样子，就像一只偷了灯油的老鼠。"对了，谢谢你啊。"

"客气。"我很绅士地说。

她银铃一样地笑了。"对了，刚才那机器里面还有多少点？"

"没几点了其实。算了，下回来你随便帮我上几分就行。"

"是么？"她眯起眼睛转悠着，最后定格在我的脸上。"不如我请你吃宵夜算了。"

"不好吧，真的没几分啦。"我支吾着，显得稚气未脱，像根嫩芽。

"哎呀，你帮了我忙。"苏小玉很世故地说，"一般人我还不请呢。"

"呃，你太客气了。"我点着头算是应允。

7

　　怎么介绍苏小玉这个人呢？她二十岁，非本埠人。跟他的丈夫在武汉做些生意顺便结婚，而之后新郎却抛弃新娘逃跑了，天涯海角，了无踪迹，让她守活寡。那个店子是她最近刚操持起来的，加上那两台的二手赌博机，勉强维持着生计。很多男性动物隔三差五地骚扰，让她不胜其烦。那个金毛是他丈夫以前的朋友，早就想把苏小玉搞上床了，仿佛寡妇就意味着劈腿似的。

　　说到她丈夫，苏小玉的表情复杂，可能是旧情难了。我没有问他是做什么的，以及为什么跑掉。后来我才知道，这个挺重要的。

　　"可能我也是想骚扰你的男人呢。"我调笑着对她说。

　　"你哪是个男人，还是小孩好吧？"

　　我不辩解，剽悍的男人无需辩解。

　　"你男朋友帅么？"我继续问。

　　"比你帅多了。"

　　"那怎么可能？"我故作惊讶，端起塑料杯子向她敬酒。她一饮而尽。

　　"少喝一点。"我说。

　　她用手擦了下嘴角的酒，点点头。

我掰了一个毛豆放在嘴里，习惯性地在夜市的周围扫视。情形变得尴尬微妙起来，我盘算着等会儿要不要和她回到她那个住所，趁着酒劲，满足我胯下的欲望。我想象着这个小寡妇在我身下呻吟的样子，那时候她就知道我不是孩子了。

我笑了笑，笑容很快凝固了下来。不是因为苏小玉的打断，她正和筷子下面的大虾纠缠，而是看见了一个人。那个人我前几天刚刚见过。他半趴在桌子上，盯着半瓶啤酒发呆。一如从前，像个傻冒。

是方。该死的方，他此刻以这样的面目出现在我面前，像一摊泥。桌下还丢着几个瓶子，看来喝了不少。

"方，你怎么了？"我坐在对面看着他。

"你是谁？"他抬起头。

"袁逍，"我瞥见他的笔记本，"也许你可以翻下你的笔记本。"

他真的翻阅起来。真他妈像个行为艺术家，我只是开个玩笑而已。才几天居然忘记我两次，这足以让我自信全无。

"袁逍？"他松软地用手比画着，舌头已经捋不直了，说这个名字的时候，如同咀嚼一粒老醋花生米，坚硬而陌生。

"哦，哥们儿。"他突然站起来，然后又瘫下去，我过去扶住他。"我正想找你。我想告诉你，我，我……"

话没说完，他就彻底地歪了下去。

事后方回忆说，他其实没那么不能喝，只是在想要见到我的时候真的见到我，觉得喜出望外。这么说显得很暧昧很Gay，但方说的时候诚恳得像个老实人。而那天，方其实受了很多的伤害。

他自认为很好，而我只能说，或许有些人的心像水晶一样，纯净得可以一眼看穿。而这丝毫不能掩饰我扶着一个爷们儿去见苏小玉时候的尴尬。

"一哥们儿，一个人醉了。"我无奈地说。

"哦，那快送他回去呀。"苏小玉还在嚼着东西，这女人还真能吃。

"我不知道他住哪儿。"我摇着头，"我又住得太远——其实也就二站地——他醉得太厉害了，我想能不能先运到你那儿帮他醒醒酒，再搞定他？"

"他不会吐吧？"她问。

"应该不会。"我心里也没底，但我现在还不想因为方而离开苏小玉。

"好，那走吧。"苏小玉的豪爽让我自惭形秽。"老板，拿个盒子打包。"

方醒来的时候一定会觉得奇怪。他一个人占据着一张大床——那是张天蓝色的床单，印着维尼熊——有两个人靠在床边，身下是一张充气的床垫。一个男人一个女人，男的是我，女的是苏小玉。

本来我们费了很大劲才把方运到苏小玉的家里，然后想要把他弄醒。有很多点子可以达到目的，比如把他剥光扔进浴室用水浇醒他。这很残忍，而且容易让人联想到日伪的手段。简单一点的就是喝醋，可苏小玉家里却没有醋，只好很尴尬地让方占据着床。

我没有力气把他搬走了，苏小玉显然也是。最后我们靠在床边的充气床垫上睡着了。事情就是这样。

"是你自己不想我醒吧？"方后来问我。

"是的。"我吼着他，"我巴不得你永远别醒，如同死猪。"

方醒来后，刚要开口，却被我用食指封住了嘴巴。我看了看苏小玉，她睡着仿佛初生的婴儿，这样说真他妈的纯洁，可是事实就是如此。我拉起方，走到外间，顺手把房门带上。此刻天色尚早，店铺的卷闸门还关着，只有墙上高悬的窗户透出些许的光亮，可以让人看见方那张模糊困倦以及略带酒气的脸。

　　"你是？"方抽了下眼镜。

　　"我靠，我是袁道。"我有些抓狂，声音有些大。"你是傻逼吗？见一次问一次。"

　　"你才傻逼。"温和的方还有些酒劲，"我的笔记本呢？"

　　"什么笔记本啊？"

　　"让我想想，我这是在哪？"他很无辜地看了看四周。

　　"在别人家。"我摸了根烟。

　　"我的笔记本呢？"他又来了。

　　"不知道，可能是落在昨天你喝酒的地方了。"

　　"什么？我喝酒了？"方愣了一下，"在哪？快带我去找我的笔记本。"

　　哥们儿我立马疯了，像个化石一样僵硬在那儿。

　　后来当苏小玉问我对方的看法时，我说，他看起来很傻，其实高深莫测。通常情况下苏小玉会对我冷哼一下，她时常对我冷哼，可见这女人很粗俗。我打断她，告诉她这是一个事实。我曾经在两个星期内数次见到他，而他每一次都仿佛见到一个崭新的我。他认不出我。如是再三，加上他随身携带的那本比生命本身更加宝贵的笔记本。以我当时从电视剧里学来的拙劣桥段，可以推断，这哥们儿患上失忆症了，而且相当严重。后来我专门带他去做过检查，是当时全国有名的军办脑科医院。结合他以前的病历，大致诊断如下：在儿时，他得过一种病毒性脑炎，本来只会引起疱疹的病毒却侵入了他的大脑，使大脑中的海马体严重损伤，这使得他的记忆变得很奇怪。他可以记住那些扭曲的线条和字母构成的数学公式，却不能记得刚才还在他面前的我。只有经过反复长期打磨的记忆（比如他的父母，他的家，当然还有那本笔记本）才可以转移到他大脑里长期存在的区域。这样解释其实很片面，但却可以解释他为什么随身携带笔记本——对于那些随时可能忘记再也不能记得的人或事，稍加复习便可以找出端倪。

　　由此可见，他已经掌握了良好的习惯和方法。我看过他的笔记本有好几寸的厚度，放在随身的背包里。里面密密麻麻的，全部都是蝇头小草。有目录对人物和事件进行分门别类，很方便查找，不过我相信只有他自己才能看得懂。我曾经试着去寻找关于他对我的记叙，却因为过于烦琐而放弃了。我是个没有耐心的人。

　　所以怎么说呢，我费尽唇舌向苏小玉解释，除了数学和自己的父母，他的过去只是依托着几本笔记本而存在。他被困顿在永恒的现在。永恒的现在，你明白吗？我自认为最后一句话很文艺，强调了一遍去问我怀里的苏小玉。

　　然而这女人睡着了。我想了想，也就慵懒地抱着她睡去了。

　　但那时我还没意识到事件的严重性。我有些困，睡眼惺忪，穿着大裤衩蹑手蹑脚地打开卷闸门上的小门，是弹子锁。有些依恋地想回头看一下熟睡的苏小玉。但在方的急切要求下，很快就穿门而出了。

像是一场奇妙的时空穿越，我就这样不辞而别了。

苏小玉回忆说，她醒来的时候完全不见人影，或者一张便条，第一的意识是去察看店铺里面的散钞。柜子上了锁，她才放了心，才有些惊恐地查看自己的衣饰、金项链、金戒指，还好都在，连胸衣也完好无损。她骂了我一句，骂的是什么却不记得了。

而那时候，我和袁道已走到了夜市的店铺里，当时街上人烟稀少，而所谓的夜市，老板早已打烊回家睡觉，这几乎让方绝望。

他蹲在地上，像泄气的皮球，让人想踢一脚。

"喂，找不到了，咱们去吃早饭吧。"

"不能吃，找不到就不能吃。"

"我靠，不就一万宝龙的笔记本嘛，就算比较贵，但丢了有个毛的办法啊。"

"笔记本并不重要，但上面的东西很重要。"方坚持说。

"不会是你手抄的色情小说吧？"我问。

方没理我，他站起来，茫然地看着四周。显然，这哥们儿现在毫无办法。后来他跟我说，如果要解决关于数字的问题可以找他，而实际的问题就要看我袁道的了。

"你就是一奶妈。"苏小玉坐在我俩的对面，横生生地插进话来，真拿这娘们儿没办法。

当时我只能向市场方面的管理人打听关于店主的事情，虽然笔记本的下落不明，但好歹是一个希望。

市场值班室的老头正在睡觉，对于吵醒他我很抱歉。而他觉得很愤怒，我上了一支烟依旧如此。

"老子不知道，你们去派出所问问。"老头子很蛮横地关上窗户。

最后我们辗转派出所再辗转老板的家，过程相当复杂和艰难，但很琐碎，不值得记叙。而让人郁闷的是方始终木讷地站在我的身后，如同受了委屈的小弟。还好我们搞到了笔记本，老板还算是个好人，他归还了笔记本。

我们道了谢。方如释重负，而我却精疲力尽了。

"袁逍。"他在本子上搜寻属于我的条目。"记得了，走吧我请你吃早饭，我正有事情要找你呢。"

有时候我也会停下来思考，虽然这听起来有些可笑。如果那一天，我们没有找到那本笔记本又会怎样呢？方会损失一些记忆，那么我呢？

"你将重新认识我。"方在某日回答着我的问题。

"然后呢？"我像个孩子样问。

"我也不确定。"方认真地想了想，"数学没有告诉我这些。"这个回答真没劲。

8

笔记本的皮封触感良好，方方正正地摊在我们的面前。方捂着脑袋，像个土拨鼠一样。桌上小笼包子冒出氤氲热气，我夹了一个放在嘴里，嚼了一阵，才含糊地问道："出差错了？"

方没有说话，像个行为艺术家一样拨撩着笔记本。"他不知道我在隐蔽的地方标记过页码，以为撕去了我就不知道。"

我盯着笔记本端详了一下，撕掉页码的人手工真好，完全不留一丝痕迹，看起来完好如初。

"撕去的部分你还记得么？"我问。

"为什么不记得？"

"你不是有失心疯么？怎么记得？"

"没有。"方很正经地说，"是记忆缺失，但对于重要的事情我肯定会记得的。"

"那是什么重要的事情？"

"你了解随机么？"

"略知一二吧。"我喝了口桌上的豆浆。

"是一篇讨论随机与伪随机的建模。"

我虚心地表示不懂。

"花了很长的时间，却被人随意盗走了。"

"你确定是你的导师么？"我小心翼翼地问。

"期间只有导师知道我在弄这个，而且也只有他接触过我的笔记本。"方面无表情地说。

"无耻！"为了配合情绪，我拍案而起，抓起方的手说，"我们去找他。"

"没用的，我找他对质过了，他不会承认的。"

"愚蠢。"我站在那冷笑了一句，"你就不会用点邪恶的法子么？"

我带着方溜达了一圈。那时天色还早，城市忙忙碌碌，充斥着奔向四面八方的人流。一开始我们是静止的，最后不得不随波逐流。

"你有没有录音机？"我问。

"有啊，你想听么？"

"废话，带我去拿。"

我们去他的寝室拿来了他的随身听。SONY超薄的，那时候至少值两千块大洋，真够奢侈的。

"你要这干什么？"方问。

"当然是录你导师的话了，现在很流行这个。"我点了根烟。

"好使么？"

"你藏好，进去就按录音键，尽量套他的话。"我们边说边走向他们导师家的楼下。

"去吧。"我在楼梯口对他说。

"你不和我一起进去么？"方问。

"别傻了，你已经跟他摊过一次牌，我们一起他会怀疑的。"

"也对。"方无奈地转过身。

我只能待在楼下抽烟等着他。时间流转得很慢，或者说它根本就没怎么动弹。方从楼梯口里出来了。

　　"咋样啊？"我迎上去。

　　"被他发现了。"方摇着头，打开机器，里面空空如也。

　　"妈妈的，我上去找他。"

　　方拉住我说，算了，我顿时觉得无趣，于是大家各奔东西。那一天再也没有别的事情值得赘述，只是方离去的影子，无助而可怜，让人觉得似曾相识。

　　我有很长时间没见到苏小玉和方，心里盛着很多的沮丧和失望。我以为凭我的才智，摆平方是手到擒来的事情。实在没有什么事情干，寝室的朋友有时会找我打牌，不过他们很没意思，打不赌钱的双升。一群纯爷们在那为个破牌扯来扯去，还以为是智力的较量，这真他妈扯。

　　我懒得理会他们，便扔下众人出去了。

　　我出得校门，上了公共汽车，便一骑绝尘。人说狭路相逢，大概说的就是我现在的境遇。

　　当时车上人很多，但我还是一眼就看见了刘唐。他穿着桔黄色的上衣很惹眼，很潮，潮湿的潮。旁边还有胡云云，两个人有说有笑，好不热闹。我估计着他是带这娘们儿出来逛街，晚上好开房的。但是哥们儿我想错了，他居然很没品的带胡云云去了三和路的那家场子。正好我也是要去那个地方。我有些想放弃，但三和路附近没有别的场地。我只能硬着头皮往里冲，找了个不引人注意的地方玩了起来。

　　我身上没多少钱，来那里就是纯粹为了过过手瘾。这玩意像四号一样，一天不玩就想得慌。

当时我其实很紧张，因为我还得注意刘唐他们的动向，好躲着他。但过了一会儿，我运气不错，连中了几把，我也懒得管他们了，一心一意地经营我面前的这台机器。

一般情况下，谁坐在一台机器上一直玩的话，是很少有人会打扰你的，除了不懂事的小孩，这是约定俗成的规矩。但正在我玩得风生水起的时候，一只手从我肩膀后面越了过来，准确地把一个币投进了机器。叮咚。我扭过头，然后马上凝固了。

"怎么是你？"胡云云捋了一下头发，脸色有些不好看。

"关你什么事？"我没好气地说。

"没事。"刘唐挣开胡云云拉她的手，"你看我玩。"

我心里马上又紧张了起来，因为刘唐加入进来的缘故。仔细一想，也无所谓，就当是我押的又怎么样？而且那时候我很有感觉，押什么中什么，大罗金仙也挡不住我的运势。

我玩的那台机器是台很常见的水果机。

在这里要说一下，水果机也有很多种，很多厂家生产大同小异的机器，会配上不同的面版和音乐。我玩的这台，比老的机型要大一些，点炮的机会也多，所以大家爱玩一些。

我习惯性地押了双星和青瓜。刘唐没管我，押了双七和双瓜。结果他没中，我中了个小青瓜。我回过头，鄙视地看了他一眼。他没理我，这倒显得我挺小肚鸡肠的。我继续押，又中了一把。刘唐没理我，点上了一点的苹果。

继续跑，刘唐中了。我还不信了，只是区区的五分，我又连押了几把，机器不知道出了什么问题，连出了几把小分，我根本入不敷出。

这回我学乖了，先押了几分的小分值。刘唐却出手阔绰起来，连押了几十分的三元也就是双星双七和双瓜。我笑他有些傻，按动了开始的按钮，但是结果却出乎了我的意料。跑到了点炮的程序上，中了双七和双瓜，我连个毛都没得到。

他下了分，便不再下注。

"怎么不玩了？"胡云云问。

"机器暂时被我榨干了。"刘唐在我身后说，"你知道，有些人来这玩，除了帮老板和像我这样的人贡献分外，一无所用。"

"你好像很会玩唉。"胡云云说。

"那当然。"刘唐说，他突然拍了拍我。

"干什么？"我恼火地扭过头。

"这台机器不值得玩了。"他假装好心地说。

我没搭理他。分了我的羹还装王八蛋，说风凉话气我。我把手里的钱都投了进去。结果就像刘唐说的一样，这台机器成了鸡肋。

后来我才知道，机器在短暂地吐分之后就会吃分，刘唐赶上了吐分程序，把刚才我贡献的分都从机器嘴里抢了下来，而我再玩的时候，所有的分被机器吃的一个也不剩。

"我说的吧。"刘唐居然一直就站在我身后。

我站起来，瞪了一眼他和胡云云。

"哟，火气还不小。"他和胡云云在我身后笑道，目送我狼狈地远去。

回去后我就想给方打电话，但又觉得那样很贱。我想也许我自己也行的，就去图书馆硬生生地为自己补习数学知识。那些符号在我脑海里乱窜，毫无头绪，我勉强看了一个上午，假装津津有味，下午我又去了。我连续看了三天，直到第四天早上，我实在坚持不住了，晕在了床上，有些想呕吐的感觉。这个时候，我突然接到了一个传呼，我打过去半天才得到回应，毫无疑问，是方。

"袁逍？"方嗫嚅地问。

"是我，你咋啦？"他的声音有些不对。

"我打了那个王八蛋。"方说。

"打得好啊。"我说。

"被记了过……而且我已经在办休学了。"

"休学？"我吓了一跳，"然后呢？"

"然后我想起你来了，我记得你跟我说过一些有趣的事情。现在我突然来了兴趣。"

"你在哪？"我的分贝猛地拉高。

我飞奔出去，坐上公交车。我坐在最后一排，看见车屁股后面冒着黑黢黢的轻烟。那一刹那，风云际会，宛如漫步云端。

在此之前，命运何曾眷顾？

我在城市一角的咖啡厅里找到了他。那时候，咖啡厅还不类现在这样多，对我来说更是个奢侈的玩意，这回倒轮到我有些怯弱了。我坐在沙发上，连点单都有点让人懵。方一见到我，就拿着个微型计算器在我眼前晃悠。

"你干什么？"我拨撩开他的手，恍惚地看着上面有几个数字，01134。

"跟你说HELLO啊。"他说。

"说什么呢你？"我不解。

"你没觉得这几个机输的数字倒过来很像英文字母吗？"他天真地说。

"神经病，咱今天能不玩数字么？谈点正经的。"

方没有说话，场面显得有些冷。

"你想好了？"我觉得自己有些不道义，过了好一会，我才搓搓手问他。

"还没有。"方喝了一口咖啡。

"那你叫我来干嘛，拿哥们儿开涮呢？"我差点把嘴里的白水吐了出来。

"有些事情，我得问个明白。"方突然直视我。

"你问吧。"我放下水杯。

"你之前对我说得太简略，可以说是毫无头绪。"

"其实我也毫无头绪。可是我知道，有人可以，那么为什么我们不可以？"

"这便是你要做的理由么？"

"应该还有别的，我很穷，而且我输得太多，失去的难道不应该亲手拿回来么？"我的手攥紧玻璃杯。"有人也像你老师侮辱你那样侮辱过我，难道那些人不应该得到报应么？"

"有些牵强，我喜欢滴水不漏的事情，我计算过，按照随机数学对事件的概率进行演算，以目前我们的条件，成功的概率，约为10%。"方似乎没有被我的气势所感染。

"10%？数学算法？你怎么得出的结论？"我气恼地问。

"具体的算法……"方顿了一下，认真翻阅笔记本，他指出其中的一页说，"在这里。"

上面的数字和符号密密麻麻横七竖八地构成我憎恨的模样。我一把推开，"别逗了，光凭几个算式也未免太轻率了。"

"或许吧。"方点点头，"也许有我未考虑到的因素，可是我的算法肯定正确。"

"的确有你未曾算进去的呵。"我的目光飘向窗外。

"那是什么？"方抬起眼睛。

"是我的决心。从我决定的那天，我就已经下定了决心。"

"是么？"方沉默下来。

"先生，你的橙汁。"服务生走了过来。

"那么为你的决心，"方突然举起手中的杯子，"干杯。"

一个小时以后，我带着方到我经常玩的那家游乐场，我已经有段时间没有来过，少了一些老面孔。人群稀稀拉拉的，不类我以前来的时候热闹。

"就是这么？"方立在那儿。

"嗯。"

"不怎么样嘛。"方说。

"有些不对。"我点了根烟，"你等等。"

那时候我穿着红色的衣服，跑起来，像一团流动的火焰。

"小哥，"我找了个堂倌，上了一根烟，"最近还好吧？"

堂倌其实不认得我，只是装着很熟的样子把烟接过去。

"我看比以前清淡了好多啊。"我接着说。

"是啊。你不知道，附近又开了一家，据说机器比这灵光，抢了不少生意，老板正为此发愁呢。"

我点点头，便走开去。"看出点门道没？"

方在那儿四处张望，被我撞了一下腰身后把头扭过来，啐了一口，说："是个龌龊的地方。"

"这算什么？"我嘲弄他。

"按照你的说法，这里面哪个机器最带劲？"方转移话题。

"你觉得呢？"我吐了个烟圈。

"中间那个。"他肯定地说。

"那是个轮盘机，吃分快赔率高，要的本钱也大。如果你能搞定它我们就发啦。"

"似乎很复杂，同时有几个人玩，要考虑的参数很多。"

"你开始入门了？"

"都是程序不是么？"方反问。

"这个相对简单。"我找了台玛丽机坐了下来，"可是油水依旧很多。"

"我试试。"方从我的手中夺过一个筹码投了进去。

"押呀。"我看着他。

他迟疑了一下，都点在赔率五十的大BAR上。来之前的一路上，我都在喋喋不休地告诉方机器的玩法，可完全没想到这厮学得这么快。看来赌博这样的东西，向来是可以无师自通的。

"我靠，这是浪费。"我大叫着。红灯开始流窜，很显然，肯定不会中。

"我只是试试。"方耸耸肩。

"好吧。"说着我把筹码全部投了进去。方的眼睛眨都没眨。

"押这个押这个。"

"我知道我知道。"

"知道个屁，你看，哎呀。"

"都是你在一旁叫的呀。"方很气恼，"没多少点了吧，干脆乱押算了。"我根本没有反应的时间，他就在面板上乱拍一气。

"妈的你到底会不会啊？"我疯了。

"完了正好走人。"方饶有兴致地按下开始键。

"慢着，中了。"我觉得无奈，这厮的运气奇好，刚才在二十倍的双星上疯狂地点了五下，分数一下子又冒了回去，不多不少正好翻了本。

我们把分下了出来，倒也落个坦然，出去买了两杯珍珠奶茶，扯个吸管蹲在路边吧唧。

"有感觉吗？"我问。

"还行。"方蹲在那像个弹簧。

"我再唠叨唠叨，刚才那么押分转来转去在苹果啊橙子上的，那就是演示程序，你投币，触发电磁铁，再到面板上显示分数，就是上分程序，机器的里面有块电路板，学名叫单片机。"

"单片机？"

"很简单，你拆过收音机没，里面用烙铁焊在一起的电子元件，可以录入程序的那种。整个机器的核心就集中在那块巴掌大的玩意上分，它掌管着吃分和吐分。"

"详细些。"方掏出了本子。

"吃分和吐分是有比例的，有的比例很高，有的则很低，但一天下来，如果一共上了一万分的话，它可能会吐出九千七，也有可能不吐。但底线是至少要吃下三百，那样老板才有的赚。"

"继续。"方认真地记录。

"以我这么多年的玩机经验，吐分之前一定有征兆，我们要做的便是要找到那吐分之前的征兆，以少博多，把那天机器从别人手中吃的分吐到我们手中。"我吸了一口奶茶。

"随机数。"方喃喃地想了想说，"这几天我也查了资料，问了我以前的同学，机器里的程序应该是一个随机数发生器。"

"随机数发生器？"

"我也不是很懂，让我回去查查资料，再结合实际的数据分析也许会有眉目。"

"好，那我们开始干吧。"我摩拳擦掌。

"愚蠢，"方骂道，"分析数据总要从记录开始吧。"

"记录？"我这才想起来。

"难道要我们拿着笔和纸站在游乐厅的中间一组组地记么？"

"废话，那当然不可以。"

"你呢？以前玩过，对数据有印象么？"

"就算有印象，我以前玩过的上万盘，也不可能都记得啊。"

"那就是咯，看来一开始我们就陷入僵局了。"方戏谑我。

"不会的，不会的。"我站起来，双手摊开，"你相信我。"

"我相信你。"方的眼神突然充满悲伤，"我刚刚被信任的人出卖。除了你，我已经无人可以相信了。"

"别这么煽情。如果事情成了，我们就五五分成。"

"会有很大一笔钱么？"

"对我目前来说是如此。对你，我就不知道了。"

"现在说这个是不是太早了？"

"我是未雨绸缪。自古英雄，都是可以共患难而苟富贵的。"

"哈哈哈。"我们沉默地看了对方一会儿，相视大笑起来。

"收集数据的方法我会搞定，摆平之后我会来找你的。"

方伸出手，我也伸出手，两只手握在一起。我们转过身，向着相反的方向，消失在各自的人流之中。

回到寝室，躺在床上辗转反侧，想到了苏小玉。一米六三，身材饱满，圆脸大眼，合适的嘴巴，不长的头发随意地束在脑后，一副不知所谓的样子。这样看来应该不会是一个很好对付的人，可我也不是泛泛之辈。那时候我远还没爱上她，谁会没事去招惹苏小玉这样的女人？可是我却早就已经盯上她了。当然不是冲她的身体，而是她屋里的那两台机器。那样的机器我见过，在我的家乡也好在武汉市也好，都是很流行的机型。我私下里窥视过机器的型号和出厂的时间，居然都全部一样。我需要一个地方作为一切的开始，一个发源地。那个时候，机器还是很贵的东西。我很穷，也没必要在一切还没开始之前就进行大笔资金的投入，所以苏小玉的场子简直和我的想法不谋而合。

我闭上眼睛，机器上流动的红点在眼前晃悠，仿佛流淌不息的命运。

那就搞定苏小玉吧，以后的事情反而好办。剩下的问题是给她钱呢还是拉她入伙。第一种方式一劳永逸，可是苏小玉也不是傻瓜。这样想着想着，一些细微的藤蔓在我的脑干上缠绕，居然很难睡着。看看表，已经快一点了。四面萧然，月光洋洋洒洒地铺陈开来，漫过地面上的拖鞋、书、瓜子壳，以及几只不知名的小虫。

众生游弋，天地刍狗。

我坐起来，一个人跑到外面准备抽两支烟。刚走了几步，就看见辅导员的办公室还亮着灯。辅导员是个男的，提不起我的兴趣，可是我路过的时候依然要轻声轻脚，弓起身体，像一只猫，以免被他们发现我这么晚起来会干什么不法的勾当。

"小玉，她还好吧？"一个低沉而阴森的男声让我停了下来。

"嫂子自己拉扯了一个店面，只是最近金毛彬好像老招惹她。"这个声音却很耳熟。我贴着墙，透过窗帘仅有的一丝缝隙向里面张望。

　　屋中的格局很简单，四张办公桌拼合在一起，靠在窗户的那边放着一个黑色的沙发。我最先看到的是刘唐的脸，而那个声音阴沉的男子，只能看见从沙发边沿探出的两条腿。

　　"阿彬？"阴沉男子问。

　　"就是金毛彬。"刘唐说。

　　"我的东西也敢碰么？"那男子慢悠悠地说。

　　"道上都传说东哥已经在外地被抓了，山中无老虎嘛。嫂子一个人也不容易啊！"

　　"是我对不起她。"男子的声音低了下来，"有空帮我照顾她一些。"

　　"东哥是没办法，这下回来了就好了，没人敢动嫂子了。"

　　"桌上的钱你帮我交给她，虽然没多少，但好歹是个意思。"

　　"东哥为什么不自己交给她？"

　　"我没脸见她，再说，我也不敢在这里久留，谁知道条子还有没有在找我。"

　　"那个案子过去那么久了，应该没事了。"刘唐沉吟着。

　　"就算条子不找我，要是让道上的人知道我回来了，那也不好办啊。"

　　"那东哥准备去哪？"刘唐的话锋一转。

　　"去找条发财的路子，不过走之前……"男子说，猛地转过头，看向我偷窥的方向。

　　一道刀疤从右眼角一直划到右唇边，把他的脸拉扯成狰狞的模样。我听得入神，完全没注意到烟头烧到了手，猛地一抖，烟头掉了下去。我也不知道，我是被那个眼神吓到了还是真的被烫了。

"谁？！"男子的警觉性真他妈好。幸亏我也不赖，声音刚发出来，第一时间就把手里的烟头往墙上摁灭，朝寝室的方向窜过去了。好在并不远，我踹开门就贴在门板上听着我胸膛里那颗心脏，配合着走廊里的脚步声跳跃。它们紧密地贴合在一起，如同某种神秘的旋律。

"东哥是错觉吧。"刘唐的声音就在门外。

"或许吧。"男子说道。

"这几年在外面，东哥的反应快了不少啊！"

"那当然。我听见有哗啦哗啦金属开合的声音。"

"把东西收起来吧，这好歹也是学生宿舍。"刘唐说。

男子停了一会儿，然后他们的脚步远去了，剩下我一个人独自瘫在门角。

小玉。他们说的可是苏小玉么？我爬上床，大汗淋淋。那个时候我还不知道，这天晚上遇到的唤作东哥的男人会对我日后的生活产生多大的影响。

　　第二天我是被BP机闹醒的，寝室里空无一人，想必都去上课了。我也懒得管，懒散地起来找出IC卡开始回电话。果然是方这厮，他居然比我还迫不及待。

　　"有眉目了没？"

　　"嘴里嚼的什么东西啊？"我听见的声音很含糊。

　　"早饭。"方说。

　　"出了点状况，我怕得等段时间。"

　　"三天够么？"

　　"应该没问题。"

　　他挂了电话，我想了想，真是皇帝不急太监急。今天是万万不能去的，按照昨天晚上的消息，不管他们说的是不是苏小玉，也难保他不会去店子里面瞅瞅，万一遇到了可就是个麻烦事。那道刀疤那种口气，那个叫东哥的肯定是个狠角色。作为心思缜密的我，绝不可能冒这样的危险。我又爬到床上，想要睡觉，可是怎么也睡不着，想想不如去上课算了。同学和老师见到我显得莫名惊诧，大抵是因为我很久没有出现了。

　　"快走。"坐在我旁边的小胖子悄声对我说，"财务处的一直在找你。"

对了，我这才想起来我的学费还没交呢。所以课上到一半我就赶紧从后门溜走了。

上大学以来，逃课就突然变成了一件毫无生趣的事情。我想起高中的时候，我坐在课桌上甩硬币，赌班主任晚自习会不会来查课。人头或字，决定去留。有时候赢有时候输，人生就要这样，才会觉得刺激。

我到处溜达一会儿，觉得没什么好的去处，寝室也不能待了，因为很可能被逮到。我翻翻通讯录，随便找了个在武汉读书的高中同学，决定去他那玩上两天。寄人篱下虽然不好受，但也只能这样了。

第三天的上午十点钟，我辞别这个同学，坐上了公交车。

不知觉间已是秋令时节。黄色的桐树叶，薄薄的一层，覆盖在城市的表面。有时它们会飞起来，在天地之间婆娑舞动，或许还有一丝妖冶。这股妖冶钻进了我的怀里。我把它捏住，让它安静下来。我把手伸出窗外，借着汽车带动的长风，很快它便缥缈无所踪了。

远远地就看见苏小玉坐在店门口晒太阳，在轻风构成的波浪尖上，仿佛一叶轻舟，顺风摇摆着。风将她的头发吹乱，她用手抚平，再吹乱，她懒得去管它们了，任它们在风中张牙舞爪。

我愣在那好一会儿。后来我才知道，远处也有那么一个男人，站在风中静静地看着她，如同在看一朵花。而那个男人也不知道的是，在更远处，有一个染着金发的年轻人已经发现了他。他的刀疤赫然，让人难以释怀。那个年轻人折返身子，急速狂奔起来。

这些微妙的插曲，我要过段时间才能知道。那时候，我正站在苏小玉的旁边，掏出十块钱想要买包烟。这十块钱是我借来的。

苏小玉白了我一眼，扭身返回柜台。"最近怎么没见你来？"

我站在那看了看里屋，没人，星期一生意就是这个样子。

"忙呢。"我接过烟开始撕封条。

"老板娘，"我叼着烟很淫荡地趴在柜台上，像很久前小金毛那样。"你说我们熟不熟？"

苏小玉想都没想，嘴角撇了撇说："废话，当然不熟。"

"可你还请我宵夜呢？"

"我请过很多人宵夜。"

"我还在你这儿过夜呢。"

"混蛋！"苏小玉扬起手，却很快被我捉住。

"你放开。"她突然变得凶狠而且严肃。

"别误会，"我尴尬地放开手，拙劣地解释道，"我只是想和老板娘谈笔生意。"

"什么生意？"苏小玉很矜持。

"我想借用老板娘的两台机器，准确的说，应该是租用？"

"租？"我以为她会问多少钱，谁知她不贪婪而且很警觉。"干什么用？"

"做一些研究。是这样的，我在武汉大学学数学，最近在搞课题，需要一些数据写论文。"

"蒙小孩呢！"苏小玉嘟哝着。

"真的，今天我没带学生证。我们保证不打乱老板娘正常的营业时间。"

"编，继续编。"苏小玉端着小马扎坐了下来。

"谁编了，是真的。"我突然俯下身，离苏小玉的脸不过三寸。"一千块一个月，这是我的BP机号，想好了就联系我。"

我不由她分说，把写着号码的条子塞在她的怀里就扬长而去。

只是我塞的时候，好像碰到了她的胸。她的胸软软的，像个棉花团。

我能做的现在只能如此吧。我安慰了一下自己，走了一段，转身拐进了一条小巷子。那有个公厕，我刚才憋得厉害。只是我只顾眼前的路，却忽视了之前那个注意我的刀疤汉子，他早就贴在身后了。

"你站住。"铁刃划过玻璃似的声音。

四下无人，觉得他可能是对我说的，便转过身来。

那个男人穿着黑西装，敞着衣襟，一只手插在口袋里翻弄。后来我才知道，那是一把蝴蝶刀。我记得那道刀疤，在从小巷上方的天井投下来的阳光下更加清晰，血肉外翻。这真是不幸的巧合，我躲了两天，这个哥们儿还没走。

"你是在叫我么？"我知道事情不妙了。

"这儿除了你还有谁？"墨镜上面的眉毛一横。

话没说完，我转身拔腿就跑，刀疤西装也压根儿没打算追，那根本是一条死胡同。我正准备再转身陪个笑脸，屁股上已经挨了一脚，整个身子凌空飞了起来，还好落地的时候我双手撑着了地，即使这样依然能感到膝盖被擦破了。

"大哥有话好好说。"刀疤西装接着就是一脚踏在我的胸口上，我立马就怂了。

"你跑什么？"他恶狠狠地说。

"我也不知道，是抢劫么？我没钱。"我开始去掏口袋。

"去你妈的。"他啐了我一口，"说！你跟刚才那个老板娘什么关系？"

果然是苏小玉那个跑路的老公。

"不是抢劫啊。"我假装松了一口气，摆着说说，"没啥关系啊。"那蝴蝶刀在他的手指上旋转几下，转眼就闪到我的眉心之间。

"敢做就不敢认么？"刀尖已经在我脸上了，"我看你们挺亲热的嘛。"

"真没关系。"我的脑瓜在急速转动，"苏老板以前一直在我家进货的，最近没来，我爸让我来问问。"

"扯你妈淡。"刀尖开始往里陷了，"别以为我看不出来。"

"大哥有话好好说。"很疼，我真想找个洞把脑袋缩进去。

"我他妈花了你这张小白脸。"

这哥们儿开始真扎了，这真要命，我虽然讨厌这张讨人喜欢的脸，可也不愿意再添上一条刀疤喧宾夺主。

豁出去了。我看他下盘空虚，正准备蹬他一脚，突然就窜起了一阵脚步声，接着刀疤西装的胳膊被人猛地一抓。我万没想到刘唐会在这个时候救了我。"东哥，马培生的人正朝这边来呢，快走。"

"什么？"他看了我一眼，"我花了这小子再说。"

"来不及了。"刘唐认出了我，走过来踢了我一脚，"这是个小瘪三，不值得，快走吧。"

他们松开我，像一阵风似的，须臾在巷子口消失了。

"真他妈倒霉。"我骂着，一瘸一拐地往外走，连小便的心情也没有了。

我刚走到巷口，迎面一阵疾风，一个大耳刮子结结实实地打在我脸上，当时我就眼冒轻烟七荤八素，正要张口骂人。

"想撞死老子啊。"眼前金光闪闪，居然是金毛彬。

事实上我距离他还有半尺多，可我看到他身后一帮奇装怪服的哥们儿便又怂了。一个下午就怂了两次，这可真他妈够衰的。还好小金毛没认出我，我捂着脸就往旁边躲。

"楚项东呢？"金毛的背后闪出一个人，他说话的时候，我已经走出很远了，但楚项东这个名字却深深地刻在我的脑瓜子里。

刀疤。蝴蝶刀。楚项东。

这段经历让我印象深刻。在同一个时间和地点，哥们儿我被楚项东和他的仇人给轮了。但命运对我的嘲弄似乎才刚刚开始，连续几天我都没能接到苏小玉的答复。我后来才知道，那天我走出店门，她就把那张纸揉成团随手丢在风中了。而我在挨打的时候，她又往风中扔了无数的瓜子壳，气定神闲。

我把事情的经过告诉方，遭到了他的嘲笑。这让我很气恼，我以为他是我的战友，实际上还未如此。他在电话的那头说："不如我去和那个女的交涉吧。"

"别逗了，"我打断他，"你的口才能把狗熊笨死。"

"谈生意不一定要口才。"方自信满满地说。

我想，目前只能如此了。

我又在学校待了几天，权当养伤。可惜我没什么钱，买不起老山参这样的补品。鉴于财务科的人还在找我，我只能昼伏夜出，像一只猫。有时候又会像一条狗，我是说我的德行，总之就是这样，时猫时狗。

有那么一天，我好不容易蹭到了班上一个MM请我吃饭，虽然是在食堂，但好在我也不是挑剔的人。那个MM刚起身去打饭，我目送着她远去的腰肢，但那个干巴的影子却很快占据了我的目光。

他坐在我的对面，眼睛像钉子一样把我钉在座位上。他的目光雪一样的冷，是刘唐。

"你胆子挺大的。"他劈头就是一句。

"刘老师。"我淡淡地说。

"你知不知道苏小玉是什么人？"他追问。

"你能不能滚开？"我满面和煦地说。

他也跟着我和煦起来，但马上又转了个阴沉的天色。"我劝你别动心思，否则就算那天东哥不把你废了，我也会替他做的。"

他站起来，走之前拍了拍我的肩膀。

索然无味。索然无味的饭，索然无味的菜，索然无味的女人，索然无味的爱情，索然无味的肉体，性交，生活，走路，还有索然无味的青春。

什么时候，青春开始任人践踏了？我记不起来了。

我萎靡了整整一个下午，为很多的事情。直到方打我的BP机，约我出来，一起去找苏小玉。我已有了微量的胆怯，我知道那个人已经走了，可是苏小玉我真的惹得起么？我虚以委蛇，想要胡乱地应付，却被方嘲笑了。我只好说明实情，告诉他我们碰上了野路子，以前的计划恐怕要变上一变，容我再去寻一个好的去处。

"可是你真对那个女人有心思么？"我们沉默了一会，方突然问我。

"没有。"我冷冰冰地说。

"那你怕什么？"

"我刚被打，心情很差。"

"是么？那我们再等等吧，命运只会眷顾做好准备的人，不是么？"

我挂了电话，决定出去走走。这样一走就是两天。两天中，我的腿几乎跑遍了武汉的山山水水。一开始我的脑袋比较死板，只顾着寻找和苏小玉类似的小作坊，一跑进人家的店面便四面张望，差点被人当贼抓起来。后来我又跑了不少里弄，老鼠街什么的，依旧没能发现任何端倪。我实在无力去寻找了。

三千里外，城市的上空，黑压压的云层俯瞰城市的每一寸土地。我喘息着，像一条想要活命的鱼。

我放弃了。我在如线的雨中奔跑，淋漓的痛快让我心潮澎湃。

我拨了方的电话："去他妈的，我重复着，去他妈的。"

奇妙的旅程就这样开始了。

几天后，城市的上空飞翔着不知名的鸟。当它的阴影掠过我的眼睑时，我正躲在树荫下愉快地抽着烟卷。远处，方和苏小玉愉快地处着。

有那么一会儿，时间也静止下来。

风卷云舒，起起落落。

我不知道在那儿蹲了多久，后来方朝我招招手。他在笑，似乎在告诉我，他已经搞定了。事实上他的确搞定了。我走过去，又见到了苏小玉。我的脸上还覆盖着青紫不定的伤。那时苏小玉还不知道，这完全来自她老公的赐予。

她看着我，似笑非笑，像是在看一个笑话。

"时间呢？"我问。

"什么时间？"苏小玉好奇。

"来搞数据当然需要时间。"我没好气地说。

"做生意的时间不行，我还要靠它糊口呢。"

"那是什么时间？生意结束之后？那多晚了？我们两个大男人在你这，你就不怕？"

"切，两个小毛孩。"苏小玉想了想，翻着眼帘。"要很长时间么？”

"一个庞大的工程，应该需要不少时间。"方抽了抽眼镜。

"怎么不早说。"苏小玉很生气地说，"算了，我不能把地方借给你们。"

"可是你已经签了我给你的合约。"方提醒她。

"是这个么？"苏小玉拿起一张纸。"我撕了不就行了。"

我吓了一跳，没想到方这小子，连合约这种东西都准备好了。

"我这还有一份，你也签过字了。"方摇了摇手上的东西。

"妈的，"苏小玉的粗口暴得很粗野，"我又不是卖给你了，你想砸场子啊？"

"其实你也有很大的好处不是么？要知道，两成，如果事情顺利，那不会比你丧失的收益少。"

苏小玉安静地听着。

"两成？"我一听差点爆炸了，"这不是我预料的分成，简单地说，给苏小玉的也太多了。"

"女人的眼光，就不能长远一些么？"我还没有发作，方就又开腔了。

"你说什么？"苏小玉停顿下来，像个女魔头。

"我说的是事实，"方不依不饶地说，"加入我们，有什么不好么？"

"真的会有你说的那么多钱？"苏小玉深表怀疑地说。

方只是点点头。苏小玉的口气软了下来，"好吧，我加入。"

10

　　第二天，我一直睡到很久才起床，具体有多久我也懒得去想，但从同寝室同学诧异的眼中还是可见一斑的。我顶着乱蓬蓬的头发，穿着拖鞋，穿着破牛仔裤，爬上了公交车。那个模样，很像一个小朋克。后来我认识过几个朋克，他们却穿得很整齐，到处晃悠着找姑娘做爱，很没意思。

　　方比我到得晚，利用那段时间我本来想亲近一下苏小玉，却被人捷足先登了。

　　小金毛，不知死活的金毛彬。

　　苏小玉向我使了个眼色，我乖乖地买了币，假装进去打机，其间被金毛彬白了一眼。

　　空荡荡的里屋，还坐着两三个打机的。按照约定，苏小玉违反了规则，不过那个时候我也不好发作。

　　"这小子很面熟啊？"我听见金毛彬说。

　　"关你鸟事？"苏小玉回道。

　　"当然关我"鸟"事啦。"金毛彬特意把鸟这个字加重，"可能你还不知道，上回东哥回来过。"

　　"他在哪？"苏小玉的声音变得复杂，爱恨惊虑交集。

"就在你的店面外不远，我本来想上去打个招呼……"

"这个王八蛋。"苏小玉咬着牙。看来苏小玉还不知道金毛彬和楚项东有过节。金毛彬两面三刀，赶跑了楚项东，居然还打起了他女人的主意。

"东哥没事，再到外面躲上段时间，现在不光条子找他，道上的也盯着呢。"这句话恩威并加，说得很有水准。

"他的事跟我没有任何关系。"苏小玉冷冰冰地说，"以后不要再到我面前提他。"

金毛彬讨没趣地走了不久，方才来到这里。他坐在我的身边，专注地看着我玩机器。我刚押上几分，苏小玉端着一杯开水站在门边。那个时候她逆着光，脸色阴晴不定。

"你忙你的吧，我们做事。"

"现在就不做生意啦。"她嘟哝着，"才几点哦。"

"那下次我们再把时间定得晚一些。"方打了个圆场。

苏小玉关上了门，只留了一个缝隙，屋子里暗下来，只剩下机器上的光点不住地闪烁，把我们的脸映成了诡异的红色。

我用演示的方式把游戏的规则详细地介绍了一遍，其间有客人上门想要玩机器，被苏小玉婉言谢绝了。她踹开门，恶狠狠地盯了我们两眼，又把门关上了。

方长出了一口气说："很麻烦，按照你的叙述，要考虑的变量很多。我以前以为会是个XY的平面函数，现在看来至少是个XYZ的三维函数。"

"有什么区别？"

"区别么？就是要做的记录会更多，而且手动计算已经不可能，要把数据弄进微机建模分析才可以。"

"哦，那要怎么开始？"

"先把机器彻底关了，要从初始值开始记录。"

我站了起来，拔掉这机器的电源。只关掉机器后面的开关是不会让一切归零的。音乐声重新响了起来。

"今天不开门么？"外面又有人问。

"今天有事。"苏小玉又撞门进来，"看你们干的好事，我好端端的生意……"

"你以后得到的会比今天的多。"方扭过头。

"眼光要长远一些嘛。"我附和着。

"长远个屁。"苏小玉说着准备摔门而去。

"等等！"我叫住她。

"干什么？"她问。

"把上分的锁打开吧，你不会让我买币玩吧？"

"为什么不呢？"苏小玉靠在门边，德行像个老鸨。

"需要大量的数据，恐怕不行。"方认真地说着。

"好吧好吧，老娘迟早会被你们磨死。"她一边说着一边打开了机器上的投币口那里的锁。

投币口里有一块电磁铁，当有铜币投进去的时候，会触发连通电路，按照机器的设定，在面板上就会显示相应的分数。我只需要把电磁铁的开关压下，分数就会像发疯一样往上涨。在这之前，我还要靠微薄的生活费玩游戏，现在这对我来说，简直是梦寐以求的好事。

开始时我还兴致勃勃的，按照方绘制的表格一步步记录数据，虽然要记录的项目很多，但好歹是玩游戏，也就没有什么怨言了。过了一个小时，大约已有三百多组数据，笔记本也已经翻过了好几页。方还是像个石雕一样的钉在那里，我把门推开个小缝，苏小玉在那看电视，外面的天色完全黑下来了。

"不如吃了饭再过来弄吧。"我提议。

"也好。"方点点头。

"好累哦。"我撑懒腰。

"才刚刚开始呢。"方白了我一眼。

"你吃了没？"我站在柜台那问苏小玉。

"吃了。"她的语气干巴巴的。于是我们不再理会她，独自跑出去在一个小摊子上将就了一下，是方请的客。吃完饭后，我本想提议去散下步，武汉是个千湖之城，此刻秋意绵绵，正是玩耍的好时间。可是看方的情景，只好作罢了。

"不对啊。"方盯着机器说，"刚才的位移不是在这里。"

我愣了一下，仔细看了会儿。的确，出门之前这台机器的红点是停留在小双七上的，而现在却跑到了小青瓜上。

"刚才有人动过机器没？"我问苏小玉。

"刚才你们出去了，有客人要玩，我便让人玩了会儿。"

"完了。"方兴趣索然，"漏过了很多数据，混沌的话，稍微有些偏差便会得出相差很远的结果。"

"什么意思？"

"我们要重新来。"

"我靠！"我叫起来。

"咋啦？"苏小玉跑过来。

"以后我们工作的时候别让人动机器好不？"我气急败坏。

"为什么？"她像个白痴。

"不为什么，是我们起码的要求。"方静静地说。

"哪来这么多要求，我不干了。"她想要撂挑子。

"开弓没有回头箭。"我盯着她,冷冷地说。

"合同。"方提醒着。

她咬咬嘴唇,想说什么,最后却放弃了。

我们不得不重新记录数据。那是第一天晚上,一直忙碌到苏小玉打烊。有时我会看看苏小玉,她安静的时候是个不错的女人。可是大多数的时候,她都处在爆发状态,真让人苦恼于我们日后的相处。

她合上铝合金的门。我们两个站在门外,路上行人稀少。那天的月亮很圆,在地上投下建筑、树木,以及我们怪诞的影子。我紧了紧衣领,有些冷。

"现在去哪?"我问。

"学校的微机室现在关门了。"方想了想说。

"那怎么办?"

"我们换个时间,白天早点来,好利用晚上的时间做输入,不过那样很耗精力。"

"我没想到这么复杂,别人是怎么干的?"

"那我不知道。"方耸耸肩。

第二天很早就被方打来的BP机闹醒的,为此同学还骂了我。他提醒我今天要早去。我感叹于他的精力旺盛,可我赶到的时候他却没到。时间是八点钟,苏小玉根本没有开门,我站在门外,双手插在口袋,面带青色。

最后我实在忍不下去了,就直接撞了苏小玉的门。撞了许久,才听到苏小玉气急败坏地在里面骂:"妈妈的,谁呀?"

"我。"我瓮声瓮气地说话,很没有底气。

"王八蛋,这么早!"苏小玉从门里探出头,露出雪白的脖子和半截胸脯。

我开始没完没了地解释，苏小玉却不搭理我，穿着睡衣扭着身子进去了。我站在外屋，想来她是在换衣服。

出来的时候，她还白了我一眼说："你没偷看吧？"

我想告诉她我亲手帮很多少女换过衣服，但还是忍住了。

苏小玉跑过去洗漱完毕，方依旧没有来。她站在店门口，开始梳头。她的头发长长的，衣袂翩然，很是撩人。

"对不起啊，打扰你睡觉了。"我显得很客气很得体。

"你知道就好。"

"你说是不是很奇妙。"我点了一根烟。

"什么奇妙？"苏小玉问。

"不知不觉，我们就认识起来了。"

苏小玉可能觉得这话有些暧昧，就没回答。气氛更加尴尬了，像我这样的情场鬼见愁，终于遇到了对手。

我们说来得早不如来得巧，方在这个时候出现了。灯芯绒裤子和一件大衣，包裹住他孱弱的身躯。他很讨巧地带来了早餐，可惜只有一份。他白了我一眼，把早餐递给了苏小玉。

可见这厮的恶毒和心机。

11

除去吃午饭的时间，我们全都泡在了机器上面。苏小玉则在外面忙她的生意，把里面的门一关，对我们不管不顾。其间收过一回衣服，全是一些时髦的内衣，胡乱地扔在床上。这时候，我的思想马上又开小差了。

"看什么看？"苏小玉出去时狠狠地剜了我一眼。

方沉迷在工作中，听到话扭过头来。

曾经有这么一段时间，我只要看到红色的点状物就想要呕吐。面板上飘逸的红点，指示出每一次的所在，而我的工作就是在厚厚的笔记本上按照方列的简易表格进行重复记录，密密麻麻地写满蝇头小字。有时候我累了，方会代替我的工作。本来打机是一种乐趣，但现在变成了工作就另当别论了。在几近傍晚的时候，我们会和苏小玉告别，在武大旁边的小馆子吃上一顿，然后就直奔武大的电脑机房。

说起电脑，过不了几年这玩意就普及得厉害，下点毛片上上黄网什么的非常方便。但在1998年，那时候的电脑还相当蠢笨，清一色乳白卧式机型，操作系统大部分还是DOS，只有少有的几台是WIN95。本来方已经休学，但不知为何他的学生证还可以使用。我们霸占住一台机器，昏天黑地地将得到的数据全盘输入电脑。

这是个细致的活儿，不过大部分是方来干的，我对这玩意一窍不通。我翘着腿，像个纨绔子弟，四处搜寻着漂亮的姑娘。

青春在等待和噼里啪啦的声响中消耗，化成灰烬，只有一阵轻烟扶摇而上。我们一直工作到管理员把我们赶出去为止。天色已黑得不像话，我们两个没头没脑地在校园里遛达。

我们已经形成了惯例，苏小玉会在八点钟给我们开门。

"你们也搞了很久了，该给我个交代吧。"有一天苏小玉抱着胳膊说。

"是这样的，"方站起来说，"数据方面呢，我们已经做了不少的收集，而且都已经输进了电脑，下一步……"

"别跟我扯这个。"苏小玉打断。

"你听我说嘛，下一步，虽然我们做了不少，但是对于……"

苏小玉落荒而逃。对于技术派的人，我和苏小玉都毫无办法。

等到我手酸了，会暂时把记录本交给方，然后点上一根烟，眼睛越过门沿去看看苏小玉。有时候也会越过苏小玉，看一看外面光明的长街，行人来来往往。突然一个影子飘飘然走了过来，我隐约感觉有些不妙。踩灭了烟，跳了起来。

"怎么了？"方看我抓狂的样子。

"你继续，别管我。"我四下里看了看，只有苏小玉的衣柜可以勉强藏下我庞大的身躯。我钻了进去，莫名的香味窜进鼻孔。苏小玉的衣服很多，包括一些新潮的内衣。

"嫂子……"我的心砰砰跳，听见细微的说话声，那个影子的名字叫做刘唐。

"阿唐，怎么是你？"

"你躲这里面干吗？"方突然打开柜门。

"躲开。"我小声说，"有麻烦，以后再解释。"

方是个聪明的人，这一点我没有看错。

"有人么？"刘唐歪着身子向里探视的时候，方已经坐在小板凳上很乖地开始做记录。

"小孩。"苏小玉随口一说，跟着往里面看了一眼。

"哦，嫂子，还好么？"刘唐问。

"就那样，有事么？"

"我代楚哥来看看你。"

"别跟我提那个王八蛋。"苏小玉的声音陡地一高。

"这个，是楚哥托我带给嫂子的，钱不多。"

"我不要他的钱，老娘活得很好，你拿回去。"

"这个，还是等嫂子见到楚哥的时候还给他吧。"刘唐说着，便往店外面退。

"阿唐，"苏小玉在他的身后高声喊着，"见到那个王八蛋，说老娘我等不起他了。"

等苏小玉骂街一样喊完这些话，就退回到屋子。那时候，我正很猥琐地从柜子里出来。

"你干什么？"苏小玉冲了过来，站定在我的面前。

或许是因为尴尬吧，我舔着嘴唇说："没，没，没什么。"

我给方使着眼色让他为我解围，他却抱着胳膊饶有兴致地看着我。他的目光耐人寻味，于是我也抽空瞅了一眼，才看见我那条劣质的牛仔裤扣子上挂着一件文胸。

"你听我解释。"我摆着手。

"解释个头。"苏小玉一把从我身上把东西扯了下来，她的心情看起来很差。

我一把拽着苏小玉往屋外走。事情一定要解释清楚，我虽然不是什么好鸟，但也不至于衰到要偷女人的内衣。我顺手把门扣上。

　　"你他妈给我松开手，好不好？"苏小玉这小娘们儿发火了，像个小狮子一样。

　　"你仔细听我说。"我松开手，懒得和女人赌气。

　　"说什么？"苏小玉不依不饶。

　　"刚才来的那个人，是我的老师。"

　　"老师？"苏小玉有些疑惑。

　　"也是仇家。"我出了口气，点上根烟，开始长篇大论口若悬河之前总需要点东西舒缓情绪。于是我从头到尾，把我是怎么认识方，认识刘唐，被刘唐臭，被她以前的丈夫打的事情一古脑地抖了出来。当然隐去了一些细节，比如，我一直在意淫苏小玉，比如他丈夫打我时的心狠手辣，比如我当时并没有实际的那么怂。

　　"编故事呢？"苏小玉试探地盯着我，眼神里完全没有同情我被人打的态度。

　　"谁有闲工夫和你编。"

　　"楚项东不是我丈夫。"苏小玉低声说。

　　"那他是谁？"我问。

　　"是王八蛋。"苏小玉有些哽咽了。

　　我撇撇嘴，此刻的火候刚刚好，如果天黑下来，只有我和她再加上一张床那棒呆了。我于是开始盘算着如何三下五去二把方打发掉，静等天黑。

　　"好了。"苏小玉的情绪变化之快让我措手不及，"你们先回去吧，今天我想静一静。"

12

关于苏小玉的男朋友，是我过了些时候才听说的，不过我并不介意现在就把他抖搂出来。楚项东，三十出头，十年前也是如我一般的剽悍青年，曾因为很多罪名多次出入过拘留所。不过他的运气一直都很好，每次犯案都逃过了严打的年份，这直接导致他一直剽悍到现在。而一看苏小玉的德行就知道是个小太妹，高中没毕业就被楚项东这样的老牛给搞定了，让人扼腕叹息。要知道苏小玉认识楚某人的时候，正值花季，花季少女大多没什么头脑，小太妹就更不用说了。天天抽着烟在录像厅里看古惑仔。在楚项东为她打了两场架后就直接被收服了。这符合小太妹的价值观，所以他们基本算是坑瀣一气的一路货色。后来楚项东年纪大了，打架也不如别人，决定退隐，和兄弟们相忘于江湖。用苏小玉的话说是由于真心爱她，想好好过日子了。

但他最后还是犯事了。我们常说，出来混迟早是要还的。1996年，楚项东在武汉市废了一个街道小头目的弟弟，下手极其狠辣，被黑白两道通缉，连夜外逃。苏小玉不知道这件事情，还在老家。楚项东一夜蒸发，从此了无踪迹。后来苏小玉为了找楚项东来到武汉。那个小头目本来是要办了苏小玉为自己弟弟出气的，没想到苏小玉当场就割腕自杀，直接把那小头目吓到了。

再后来，苏小玉彻底放弃了寻找楚项东，在武汉落脚。其中的辛酸自不必说，毕竟是一娘们儿。苏小玉口口声声骂着楚项东王八蛋，可是我一眼便能看穿，她对那个男人始终没能忘记。

怎么说好呢？到底是老男人比较有魅力，还是说苏小玉的价值观本来就是扭曲的？这样说好像我站在了某种高度之上，其实并不是这样，众所周知，我很年轻而且很帅。除此之外，就是个衰仔，仅此而已。

这里面有很多是我道听途说和揣测的。我喜欢瞎揣测，这是众所周知的事情。

很多年以后，当我没事路过武汉，还特地跑到苏小玉以前开店的地方，只是那些房子都被拆迁了，成了一桑拿城。我蹲在门口，莫名伤感。

物是人非，白云苍狗，一回眸便是千年。

按照我个人的经验，女人生气便如同月经般不可避免，不可掉以轻心，但迟早会过去。我完全不似方那样的不通人情世故。第二天，方依旧打电话要我去办事，我告诉他缓一缓，他不明所以，我也懒得和他解释。我挂了电话就躺在学校的床上望着天花板，果然到了下午四五点的样子，苏小玉呼了我的BP机。

"你们今天怎么没来？"苏小玉劈头盖脸地问。

"怕触霉头。"我小声地说。

"猪啊你，我有些烦，你叫上小方，我们一起去夜市吧。"

"可不可以不叫上小方？"我觉得方简直和累赘无异。

"不行。"那婆娘粗暴地挂了电话。

这样过了一个半小时，在夜市出现了这样尴尬的三个人。我和苏小玉喝着啤酒，而方完全不理我们，在一旁拿着笔记本张望四周。这样的良辰美景，完全不应该有方这样的人存在啊。

"你看什么呢？"苏小玉问。

"数数。"方白了她一眼。

"数数？"苏小玉很奇怪。

"没什么，这是他的爱好。"我喝了口酒。

"那你说说，你都数了啥了？"苏小玉还来劲了。

"你注意到刚才进夜市大门的人没有，五分钟前有一个，过了会儿又有一个，然后有两个，三个，五个，现在居然走进来八个，太有趣了。"方指着门口。

我和苏小玉转过头，夜市的门口果然站着八个男女，风衣短裙染发连裤袜，一群很拉风的人。

"这有什么有趣的？"苏小玉疑惑。

"112358，是斐波拉契数列的前6位数，很奇妙不是么？如此巧合。"方一本正经地说。

"行啦。什么非坡啦起数列。"苏小玉拍拍桌子，"说实话，我现在脑袋还是糊的，被你们两个小鬼忽悠的，让你们在我那搞一件那么不靠谱的事，你就别跟我扯啦。"

"有什么不靠谱的？"我反驳道。

"你们跟我说的那什么机器什么沌的，糊弄谁呢？"

"混沌。"方插话道。

"方，给她解释解释。"我指示方。

"数学从不糊弄人。"方严肃地说，"我是认真的，从表面上看，机器每次跑到什么位置上是谁也说不准的，数学用语叫做随机。不类我刚才讲的那个斐氏数列，可以用公式总结。但是混沌研究的就是那些看起来毫无规律的事情，比如说现在已经大致可以预测天气，但在60年代，天气是不可预测的。”

苏小玉想要打断他，却看见我一脸坏笑地看着她，就放弃了。

"因为有太多的参数需要考虑。类似老虎机，老虎机也有很多参数需要考虑，机器吃进去了多少分，上一个点位是什么，你在苹果上押了多少分，橙子上多少分，等等很多参数。但是能比天上运动的云彩风电这些参数复杂，比这些参数多么？

"就拿刚才进夜市的人来说，你在这儿待上十天，数数，你会发现每时每刻进出大门的人是不一样的，好像完全没有规律。今天一百个，明天二百个，后天又一百二十个。但大体上来说，我可以预测后天的人会比今天的人多很多，因为后天是周末。再说回老虎机，以我们目前的水平，是不可能知道上一个跑了苹果，下个会跑什么的。我想要知道的，只是老虎机的周末，即老虎机会在什么时候爆机，你知道什么是爆机吧？"

苏小玉摇摇头。

"这是袁逍教我的术语。"方看看我。

"很简单，"我对苏小玉说，"就是跑个什么三元什么大BAR什么的。"

"哎呀，三元谁不知道啊！"苏小玉说。

"对的，在跑到三元的时候，也就是双瓜双星和双七的时候，如果正好有人押中，你会怎么样？"方晃着指头。

"当然是很不爽啦，谁想亏本啊。"

"总的来说，是不会亏的。那台机器，即使爆上十次机你也不会亏。"

"为什么？"苏小玉问。

"因为机器在那一天中吃分一定比吐分多很多，我赚了，自然会有人亏，否则是不会爆机的。"

"然后呢？"我也来了兴趣。我自以为懂了不少，但此刻才发现和我想的不大一样。"如果是我一个人在那台机器上玩呢？"

"你肯定玩不过机器啊。"苏小玉假装很开窍地说。

"是的，我是战胜不了机器。即使我在那儿玩一天，因为吐分比例的关系，我要中三元的话，之前肯定已经投入了比中三元更多的币。但假如是袁逍在那儿玩，我在旁边只看不押，但每次中三元的时候我都押，那么会怎么样呢？"

苏小玉点点头说："也就是你赢的是袁逍的钱。"

"很聪明嘛。我们所干的事情，就是要知道机器在爆机之前会发生什么事情，然后……"

"在那时候出手。"苏小玉接了一句，"听上去很有前景。"

"是的，到时候你得到的肯定比现在的多。"

"为我们将来得到的干一杯。"我举起了杯子，"方，我给你倒一杯吧。"

"我不喝酒。"方摇摇头，给自己倒了一杯开水。我们的杯子碰在一起。苏小玉那天晚上喝得很High，这女人喝酒不怎么上脸，越喝越白，看起来不是那么动人。我们俩送她回去的时候，她已经有些不支，本来准备打车的，但苏小玉坚持要走走，于是我扶着她走在后面，方很识趣地夹着笔记本走在前头。他瘦瘦的，在夜灯下一高一低，有些萧索。

不过老子实在懒得去管他，毕竟软香在抱，我的手扶在苏小玉的腰肢上，并一直在找机会往上攀爬。这说起来有些猥琐，但像我这样猥琐惯了的人，也就无所谓了。所以苏小玉在朦胧中一直在拨撩着我的手。

"本来我今天很不高兴的。"苏小玉的语气软软的，吹在我的耳根。

"嗯嗯。"我点着头。

"拿开你的手啦。"苏小玉推开我，皱着眉头。"你说，我一个人过得好好的，姓楚的那个王八蛋为什么又要来搅和？"

"或许他是个逊炮吧。"我有些郁闷了。

"话说回来，我和你们这些小孩搅和在一起又是干什么呢？"

"不是为求财么？"

"是么？拿开你的手！"苏小玉甩开我的手，歪歪扭扭地在冷清的街上喊，"你在吃我豆腐，我抽你，你信不？"

方听到了，回过头来很认真地看着我们。

我对他摆摆手，好在当时街上没什么人，要不哥们儿我的脸可能就挂不住了，我厚颜无耻地上去继续扶着她。"看你都要倒了，我扶着你呢，再说我吃你什么豆腐啊？你说我要真想那撮你的话，就你这样，等会到你房间了，把门一锁，我一霸王硬上，你连反抗……"

啪的一声。清脆得像是炮仗，在楼宇之间回荡。

2008年，我已不再年轻了。人上了年纪就喜欢回忆往昔。我开着车，在夜色中的武汉晃悠，寻找着当年的那些人和事。我把车停在那条街道的旁边，摸摸自己的脸，想要去感受苏小玉手上的温度。

我不会忘记那一巴掌。除了我妈妈，第一次有女人打我耳光。有那么一刻，世界都变得静悄悄的。我立在那里，摸着脸，想搞清楚这女人是不是吃错了药，同时也在压抑我的手，压抑它不要扬起来。

方停下来，开始往我这边走。

苏小玉歪着头，摇摇晃晃地看着我，眼神里完全没有歉意。醉酒绝对不是打人的理由。我火了。我刚要质问她，苏小玉弯下腰去，蹲在地上呕吐起来。我不由地退开一步。

"她没事吧？"方走了上来，看见地上的东西皱了皱眉头。

"你该问我有没有事。"我低头看着她。她的姿势已经换了，在吐了大约三十秒后，这婆娘倒在了地上。我怀疑这是她的预谋，在打完我，老子还没有发飙的时候，就昏了过去，不省人事。

所以即使坐在病房的门口，即使苏小玉在被医生和护士蹂躏，也不能消除我心中的怨恨。我捂着脸，和方坐在走道上，百无聊赖。当时已是深夜，除了我们再无别人。

"疼吗？"方冷冰冰地问我。

"还好。"我淡淡地说。

"你好像对她很有兴趣。"方看了看我。

我掏了根烟，然后看见了禁止吸烟的标志，但我还是点上了。

"今天晚上的事我不会写到本子里的，这样，估计过两天我就不记得了。"

"方，"我扭过头说，"你很不错。"方傻傻地笑了笑。

"你谈过恋爱么？"我问他。

"没有。"

"是不招人喜欢还是不喜欢别人。"

"两者都有。"

"那你喜欢什么？"

"喜欢？"方迟疑了一下，奇怪地看看我。

"其实我搞不明白，像你这样的人，真的，为什么会帮我，难道真的是为了好玩？"

"是你帮我吧。之前很多人觉得我怪，我一直都是一个人待着的啊。"

"你真傻，"我揉揉他的头发说，"很晚了，你快回去吧，我一个人在这就够了。"

"我陪着你吧。"方认真地说。

"不用，你不像我，你住家里，不回去你爸妈会着急的。你去吧，真的，我照顾着她就行了。"

"她再打你怎么办？"方想开玩笑，但他显然不适合这个，于是他被我连拳带脚地踢出了医院。我一个人坐在那儿，很贱地守候着一个给我一记耳光的女人。

过了半个多小时，医生才从里面走出来，看看我说怎么让她喝这么多呢？

"她失恋了，怎么样啦？"

"已经没事了，转到二楼去休息去吧。"

我陪着那不省人事的婆娘转到二楼。二楼非常拥挤，移动病床上到处都是一些年迈的老人，我们好不容易找到了个空地安顿下来。我端了个凳子在旁边伺候着。

苏小玉已经可以睁开眼睛，可以看见我的音容笑貌，亦如我能看见她一般，这很好。她想说些什么，眼神里有些许的歉意或者是什么别的东西，但最后什么也没说。只是张了张嘴，又把眼睛闭上了。我坐在旁边的小凳上，趴在床边盯着苏小玉的胸部。

她的胸部很匀称，即使躺下去也可以看见诱惑的轮廓。我这么瞧着，又想到了很多事情。一些抽象的不具体的事情，这样想着想着，如同无数的往常一样，慢慢睡过去了。

夜半时候，我被一只爪子给拨撩醒了。一只软绵绵的爪子先是搭在我的头上，我迷糊地拨开，它又搭了上来，我再拨它再搭，如此反复。这直接把我惹毛了。从苏小玉的眼光看，当时我的身形暴起，像是洪荒里的怪物。她吓了一跳，然后好像完全忘记了之前对我干过什么一样，瞪着眼睛，用胳膊支撑着身子坐起来说："水。"

我愣了一会儿，然后贱性发作，很乖地在昏暗的灯光下找水。那时候不似现在，到处都是饮水机，我只好偷了隔壁睡觉的老妈妈的水瓶里的水。

她把杯子放在嘴边，抿了一口说："呀，烫！"她皱皱眉，完全不像打我时候的那样剽悍。我抄起杯子，放在嘴边吹了吹，又还给了她。她喝了水，又安静下来。我睡不着，用手支着脑袋，不说话，只是在发呆。

原来她也没有睡觉，伸手摸了下我的后脑勺说："还在生气么？"

"没有。"我没回头，动也不动。

"谢谢你啦。"她说，"别生气啦。"

我只好回过头，伪装了一个很大的笑脸。

"呵呵，其实你和方都还是个孩子呢，却总要在我面前伪装成个大人的样子。"

"孩子大人，这只是智力上的问题。好了，你快睡吧。"

"我睡不着啦，我是真心给你道歉啦，你不要生气啦，大不了你打回来啦。"她说着捉起我的手，想要往她的脸上招呼。我挣脱她的手，又伸出手，放在她脸上方一厘米远的空气上。

手浮在空中，光影摩挲着她的脸庞。"睡吧，闭上眼睛睡，我就不生气了。"我说完，她就真的闭上眼睛。我趴在床头盯着她合上的眼睑，长长的睫毛，时间在那一刻凝固了下来。

13

时值三国，官渡之战后，曹袁两家攻守之势易矣。

我也不知道，怎么会突然窜出这么一句酸腐的话来。但好像可以恰当形容那天晚上之后我和苏小玉的关系，这真是相当奇妙的事情。苏小玉见到我不再是那么粗暴，她有时候就像是个姐姐，有时候又像个小姑娘。毕竟么，她也不过是二十出头的年纪，站在韶华之年的尾巴上，还有一些个纯情可以挥霍。那之后的事情，在苏小玉那边进行得相当顺利。除了有时候，那个唤作金毛彬的小喽啰还会来骚扰她之外。

方是不会伪装的，他天性如此，我们不需要和他计较。而他果真如约，忘记了那天我被打的事情。他坐在那咬着指甲，一板一眼地记录着。有时候我会逗逗他，有时候苏小玉也会逗逗他。这没有什么区别，他不笑，觉得没什么可笑。

另一方面，事情就不如预期的那样了。关于数据的收集已经进行到了年前，电脑里面已经存了好几百KB的数据量，但丝毫没有进展。按照方提供的设想，他找到了一个学计算机的同学，设计了一个模，对数据进行整合和运算。反正这些都是我不懂的东西，我只是个打字员而已。我打东西的速度变得飞快，在以后用聊天器泡小MM的时候发挥了大用场。

"有眉目么？"年前的一天，我都买好火车票准备回家了。

方没理我。大学的机房早已关门了，为了搞到一台微机，我们只好找了一个网吧。那时的网吧，不类现在这样的庞大众多，一个小时的花费也比现在要多很多。

我们把东西存在软盘里，而网吧的机器除了老板使用的外都没有软驱。这是老板们偷工减料的天性。黑屋子里一群小孩在昏天黑地地玩着沙丘，现在说起来可真他妈的怀旧。我们好说歹说，才盘踞了老板的机器。

老板站在我们旁边，也盯着屏幕上紊乱的点和线构成的毫无章法一团乱麻的图形，劈头盖脸地问："你们这是在忙啥呢？"

"搞个数据分析。"我掏掏耳朵。

"别吵。"方喝了一下，让我有些恼火，他鼓捣两个小时了。

一个下午耗费过去了，我们很累地走出网吧。

"不应该啊。"方想了想。

"不应该什么？"

"不应该毫无头绪，难道是我们的数据量还不够么？"

"啊，别耍我啊！"

"不管怎么说，只能来年再说啦，你是明天的票么？"

"是的。"

"那现在是不是去和苏小玉告个别啊？"

"你还是多少懂一点人情世故的。"我拍拍他的脑袋，和他一起去找苏小玉。我们没能见到苏小玉。上午她那里的大门还是开着的，下午却让我们吃了闭门羹。我打了她的呼机，也一直没有复机，我有些烦闷，就和方蹲在大门口决定等等她。

这么一等就过去了很长时间。我们两个百无聊赖，最后我只得提议离开了。我是晚上的火车，还得留下收拾东西的时间，哪还有时间像个娘们儿一样婆婆妈妈地道别？然而就在我们刚转过身，方突然扯了扯我的衣角。他努努嘴，抽了下眼镜看着远处的街道。

大约离我们有那么两百多米远的地方，苏小玉拖着一大包东西在货运的小车上，浑身上下透着一股老板娘的习气，可在我看来却别有风情。我正准备凑上去，方突然又拉了一下我的衣角。

"你注意到没有，她身后的那个男人？"

我顺着方的目光看过去。在苏小玉的身后十米远，有个高个子戴着墨镜的男人。尽管他戴着墨镜，但我一眼还是认出了那个噩梦，楚项东。我一把拉过方，找了个不惹眼的地方躲起来。

"是苏小玉以前的男朋友。"我喘着气，心还在跳。心想要不是方，这回哥们儿我又要折在这儿了。

一个很怪异的景致。苏小玉神经大条地走着，有那么两拨人都在注视着她，注视着她走进自己的店里。那个男人跟了进去，然后店子的门关上了。

我到现在也不知道那时里面发生了什么。我问过苏小玉，她不说，只说那天最后她把楚项东赶走了。而对于说好要来和她告别的我，却没见踪影让她有些失望。

苏小玉跟我说这个话的时候，已经成了我的婆娘。所以这些话不可尽信。不过好在我是宽容的男人。这些话是她主动和我说的。我觉得欣慰。历史和真相最后都淹没在谎言之中，不过我懒得去管它。

只是她不知道，有那么一刻，她离我是那么地近。我躲在她隔壁店子的橱窗里，看着她在我和方的眼前走过，然后是楚项东。我想上去拉住她，或者干掉楚项东，可是我不敢，因为我那时候很怂。

所以就这样，年前的那几天，少年袁逍灰溜溜地一个人爬上火车，来送别的人一个都没有。我离开了，将偌大的城市留给了苏小玉和她的男人。

1999年，是个什么扯淡的年代呢？

12月，澳门回归，全国人民都沉浸在收复失地的骄傲和喜悦中。11月，中国载人航天实验飞船神舟号发射升空。10月，建国五十周年，天安门广场前举行的大阅兵，一万多士兵，几百辆战车和一百多架飞机咆哮着从几十万人的眼前掠过。9月，中国人民解放军南京广州军区在沿海举行联合军演，震慑台海。5月，中国驻南斯拉夫大使馆被美帝导弹击中。在大学扎堆的城市，有大批的大学生拥上街头，示威游行，以口号、标语、横幅、石块和燃烧瓶作为抗议。恍惚着，又回到了那些让人沸腾的年代。

那个时候，我看见那些面色和我一样稚气的学生成群地从我眼前过去，可我无暇顾及，里面是否有我的同学我也未能知晓。那一年我十九岁，大二，没什么志气，只是和方站在街头，抽着烟卷，看着呼啸的人群有些不知所措。而苏小玉这个娘们儿有些土包子，她看着人潮，觉得是做生意的好时间。她搬着一个活动的板床，准备建立滩头阵地，向那些喊得口渴的学生兜售矿泉水。

那个时候，我和方的工作到了收尾的阶段。接近六个月的时间，我所见的数据和表格，已经到了令人发指的地步。我们依旧到苏小玉的地盘进行我们的工作。大约到了中午，苏小玉像个夜叉一样跑进来，叉着腰站在那扯着嗓子喊："快点帮老娘去搬东西。"

转眼我和方便成了苦力。跑到大约百米远的地方把货物往回搬，远远地，还看见城管的车队驶了过来。街上颇为萧条。学生们喊累了，都做了鸟兽散。他们来去匆匆，只留了一地的瓶子和小红旗。

等干完活儿，苏小玉请我们吃饭。她那天卖了好几百瓶水和烤香肠，发了笔横财。我们找了一个还算体面的小馆子坐下来，对面是一家刚开业的豪华咖啡厅。苏小玉有些眼馋地看了看，眼神里充满了资本主义的情结。

"你们咋不去游行呢？"点完菜，苏小玉的话匣子打开了。

"按照统计，历史上的游行出现事故的几率高达百分之九十。"方的一句话直接把苏小玉噎死在那儿。

"忙正事呢。"我点上根烟，打个圆场。

"你们的正事已经搞了好几个月了，老娘我快不耐烦了。"

"慢工出细活嘛。"我踢了踢方，让他说话。

"差不多了，函数的基本……"方的话说到一半就被苏小玉给打断了，她说再给我们三天时间，没结果就滚蛋。苏小玉这种人蹬鼻子上脸，说翻脸就翻脸。

"那饭不吃了，去干活吧。"我有些不高兴。方点点头，也站了起来。

我本来希望苏小玉能留住我们，但她半点表示都没有，可见恶劣。尤其是她在我们的身后对老板喊，老板，少点两个菜。我和方只能灰溜溜地滚了。出得门去，不出两三步远，我们又是两条生龙活虎的好汉。

饭后，在回来的路上方突然停下来，表情犹疑。

"做什么？还不回去开工？"我劈头盖脸地问。

"有些事，我觉得应该告诉你。"方挠挠头说，"好像出了一些问题，按照本来的进程，应该已经差不多了，可是现在……"

"现在怎么了？"我皱皱眉头。

"记得前天晚上不？我让你先走了，我一个人在机房分析数据，可是整整花了一个半小时，那些曲线依旧紊乱复杂，毫无头绪。"方掏出了他的笔记本递给我。

我点上一根烟，蹲在马路牙子上翻动着笔记本，问："是哪出了问题呢？"

"我不知道。"方也蹲下来，"或许是我才智有限吧。"

笔记本上乱七八糟地画着很多东西，像是一团麻。

"跟你的才智没关系吧。"我欷歔着，看了看方，"应该是哪出了问题。方，你不会是想放弃吧？"

"我不知道。我很累。"

"我也很累，可是都搞了这么久，难道要让付出成为流水？"

"我需要想想。"他说完，转过身离开了。他上了站台，登上一辆汽车，转眼就没了个踪迹。我独自站在那儿，想了想，这真他妈有些凄苦。我转过身，苏小玉白痴似的站在我身后的不远处看着我。

14

一周后，我的BP机突然响了起来，是苏小玉的座机号。

"小袁，你有事没？"

"没啊。"我毫无气力地回答。

"那你能不能过来一趟？"

我看了看天色，有些晚，但却春意盎然，不禁让人浮想联翩到很多快活的事情。"很晚了唉，"我尽量保持自己的矜持，"回来的时候就没车了，你给我出打的的钱啊？"

"我给你出，你他妈的快过来。"

我挂了电话，她心急火燎的样子像是吃了春药一样让人心猿意马。于是我也心急火燎地爬上了最后一班公交车，轰轰隆隆地向着美好的憧憬奔去了。一路上，身体的本能仿佛又复苏了过来，年轻的小马达又开始不停地转动。街景一呼拉地闪过，像是风情画。我很快到了，远远地看到她的店铺还开着，白炽的光惨白地洒在地上。一只快乐的小马驹撒开蹄子奔跑着，待到那片白光之下便嘶鸣地停了下来。

"苏……"刚出口，舌头就又缩了回去，"苏打饼干有吗？"

当时的情况是，四个轻佻的男子站在柜台的外面侧过头来盯着我，从他们头发的颜色和浑身的紧身衣便可见轻佻的程度。为首之人正是久违的金毛彬。即使他剪短了头发，我依旧认得他。

"有。"苏小玉反应很敏捷。

"再来包烟。"我故作平静，"还有十块钱的币。"

苏小玉打点好，递到我的手中。

"等会儿给你钱啊。"我拿着东西跑到里面去了。一个小伙子跟上，在门边瞅了我一眼，我投币，开始玩机器。

"小金毛，你到底想咋的？"苏小玉大声问。

"你说咋的？"金毛彬语气带着火药味，"你他妈又不是不知道我的心思。你要知道，这一年多来，要不是我在马老大面前说好话，你早废了。"

"我他妈是吓大的啊？"苏小玉一派女阿飞的脾性。

"我吓你是吧？好，今天你不给我个交代，那就按章，把这一年欠的保护费都交上来。"

"没钱。"

"没钱也行，今晚陪老子一夜就扯平了。"

"你不怕我把你阉了啊？"

"怕。所以我带了小弟了嘛。"

"还有客人呢。"

"阿力，帮苏老板送送客。"金毛这句话说完，一个庞大的影子就把我笼罩住了。但见那汉子站在日光灯下，炯炯有神地看着我。

"干什么？"苏小玉挡在里屋的门口，"金毛，你今天到底想怎么样？"

"我今天就是要把你睡了，要不，我这些兄弟会觉得我很没用的，用了这么长时间都搞不定个娘们儿。"

苏小玉没说话。

"你别这么看着我，今天就算楚项东在恐怕也罩不住这场子，阿力，你还等什么呢？"

唤作阿力的汉子听完这句话，就去拉苏小玉。我胡乱地往屋里一看，将旁边的一把起子揣在了袖子里，然后站了起来，从苏小玉的胳膊下面挤了出来。"各位老大，你们的事我就不掺和了，我先走了。"

我回头扫了一眼苏小玉，那婆娘瞪着眼睛，然后一个蹿步就要往屋里钻。

"拉住她，阿力。"金毛大叫着从椅子上蹦起来，"这娘们儿又想操刀。"

就在阿力拉住苏小玉的时候，趁他们的注意力都集中在那边，起子顺着袖筒溜进我的手里，我转了个身子，一只胳膊搂在金毛的脖子上，另一只手握着起子对准了他血管上的大动脉。屋子里突然静了下来，没人再动，也没人说话。

"谁都别动。"我扭过头，盯了一眼身旁正准备动作的小喽啰，他迟疑地站在那里，但对面叫阿力的人却一把攥住了苏小玉。

"你他妈敢吗？"金毛龇牙说道。我笑着，用起子的梅花尖狠狠地抵在他的血管上面。

"哎呀，我操你妈。"金毛想挣扎，却因为疼痛停止下来。

"放了我老大。"阿力这个人不笨，懂得用苏小玉要挟我。苏小玉在他的怀里就像褓褓中的孩子。

"你动我，他就动那娘们儿。"金毛说话都有些费力，因为我的胳膊箍得更紧了。

"你叫阿力么？"我问他。他愣了一会儿，没理会我。

"阿力，你敢对她怎么样呢？杀人是要判死刑的。"

"你敢对我怎么样啊？"金毛歪着头反问我。

"我就是敢扎你，要不你可以试试。"我和颜悦色地说，"阿力，你可以动手了，你动手我也好动手。"

阿力愣在那里。

"阿力，你还在等什么？"我把起子往金毛的脖子上乱杵，划出一道血痕来。金毛疼得乱叫着，让我住手。

"你放了她，我就住手。"我说着。

"一起放。"

"怕死就别跟我讲价钱。"我吼道。

阿力一松手，苏小玉就跑到我这边来。她想伸手打金毛彬，却被我挡开了。她有些想哭，却又忍住了。

"哥们儿，我今天栽了，放了我，我保证不找你们麻烦。"金毛彻底安静了下来。

"叫你的哥们儿先退出去。"我说，见金毛彬有些迟疑，"放心吧，我也没胆子杀人。"

他招招手，那些小喽啰都退了出去。我吩咐苏小玉关门，同时架着金毛往外走，然后一把推开他，钻进了门缝里，死死地拧上锁。

"山水有相逢，咱们后会有期。"金毛在门板上踹了一脚，撂下一句很拽的话，众人便做了鸟兽散。我坐在地上，靠着门板喘气。

"你挺有种啊。"苏小玉踢了我一脚，扔给我一支烟，也在我旁边坐了下来。

"我手还在哆嗦呢！"我拿着烟，把手伸出来说。

"呵，谢谢啊。"她点上烟。

"不用，为你的贞洁而战，很荣幸。"

"去你妈的。"

"他恐怕不会罢休吧。"

"也许吧，我这店子恐怕也开不下去了。"

"这么轻易就向恶势力低头啊？"

"你知道个屁。"

"好啦，我不知道好吧，把的士钱给我，我打车回去了。"

"你别回去了。"苏小玉想了想说，"说不定他们还在外面守着呢！"

鉴于我今天的表现，洗澡时，苏小玉帮我准备了新毛巾和新牙刷，这是少有的体贴，也可见这娘们儿平日的吝啬。等躺在了气垫上，我一下就陷了进去。

"你是害怕才不让我走的吧？"

"屁啦。我害怕什么啊？老娘是好心，免你奔波之苦，你再不睡我就赶你出去了。"

我闭上嘴，然后是好一阵子的沉默，像一面庞大的涂满黑漆的镜子隔在中间。

"你睡着了吗？"终于我又忍不住了，"苏，小，玉？"

没有声音。我蹑手蹑脚地爬起来，先是摸上了床沿，床垫的感觉就是比气垫床好。但后来我才知道，苏小玉喜欢在气垫床上做爱。等我摸索到被子的时候，苏小玉猛地坐了起来，气息离我很近。

"你干什么？"她吐气如兰。

"呃，不干什么。我只是看你睡着没？"我说着，人却未动。

"你没睡着，我怎么睡得着？"

"你在提防我？"

"哼，要你管。"这个哼字哼得很是性感，突然那么一小会儿，血液就集中到了某一处。借着这股劲，我一股脑地压了过去，借着一百多斤的势能一下把苏小玉压在床头。虽然我的身体和她的软香神秘地接触在了一起，但我的嘴巴却离她的脸有一起子远的距离。

那把梅花起子紧紧地钉在我的额头上。

"你扎啊。"我盯着黑暗中她的眼睛说。

"你以为我不敢啊？"她的语气很怪，有些生气，有些挑逗，总之我捉摸不准。我头一沉，起子戳着还真他妈疼。

"我真扎了？"她说话时，我一把将她握起子的手摁在床头，嘴巴则向她气息游弋的地方吻去。她扭了一下，我吻在了她的脸上。

"你他妈放开我。"她挣扎着。

"放不开了。"我喘息着，浑身上下都没闲着，和她的身子搅和在一起。突然不知这娘们儿哪来的气力，居然奋力一击，将我从床上端了下去。她拧开灯，披头散发，看着狼狈地倒在气垫床上的我，吃吃地笑了起来。灯又突然灭了，苏小玉从床上滚了下来。从此攻守之势异矣。

我被软香按在身下，动弹不得。借助微暗的光，我凝视着她的眸子。然后，然后……然后是我最不愿意去回想的地方。我吻了她，手正在摸索，她正在呻吟，我的BP机却响了起来。我腾出一只手，将BP机拿了起来。

"别看啦。"她打落我的手。

"是方。"我猛地坐起来。

如果时光能够倒退那么两年，没有什么比满足我下半身的要求更为神圣的事情了。但是那时候，我却推开苏小玉，走到屋外，准备给方回电话。

15

等我见到方的时候，他好似完全变成了另外一个人，黑着眼圈，头发长了一寸多，原本干净的下巴上依稀有些胡须。总之他很憔悴，像一粒被刀拍过的蒜。我做出刚到的样子，而苏小玉看起来也像刚被吵醒一般，呵欠连天。

"真的成了？"我盯着他。

方点着头，掏出他那本随身不离的笔记本，翻开来递给我。我装模作样地翻着。

"原来并没有那么复杂，我除去了两个变量，曲线就像长了翅膀，飞出了我想要的图形。"他走过来，将笔记本上的那张图给我看，"当然这只是一个缩略图，关键的部分我都记录下来了，在后面。"

翅膀这比喻真好。我翻动着，那条曲线不类我十几年学业中见过的任何曲线：抛物线、二元一次方程线、三角函数线。它复杂、纠结、婉转，像是掌纹、迷宫、命运。云诡波谲，颠沛流离。

"苏老板，"方很高兴，居然主动和苏小玉说起话来，"劳烦开下机器，现在欠缺的就是理论结合实际了。"

"呵呵，好呀。"苏小玉倒是前所未有地乖巧。

"打扰你休息了。"等她开完机，转过身的时候我说道。

她白了我一眼，有些娇嗔，使劲地在我的胳膊上掐了一下。从此那里留下了一块青黄不接的疤痕，即使很多年以后也没有消散。

方郑重其事地坐在那台玛丽机前，示意我投币，随便押随便玩。但我一直玩了很久，他一直用手支着下巴沉默不语。这样的情形持续了很长时间。这种高深莫测虽然让我恼火，可我的耐性却是极好的。苏小玉也不说话，端着一大杯茶站在我们的身后。屋里的声音突然变得纯粹起来，只有机器单调而乏味的电子音乐声。那天晚上给我的印象深刻。那种声音后来我才知道，便是大名鼎鼎的钢琴曲《献给爱丽丝》。

"等一等。"在我继续准备随便押分的时候，方叫住了我。他的手在键盘上点了点，只押了三分，分别是双星双七和双瓜，也就是传说中大三元的位置。

"跑吧。"他自信满满地抱着胳膊，眼睛死死地盯着面板。

那是最漫长的奔跑了，仿佛用尽了一生的气力和时间，红标才有气无力地停在了双星上。我欣喜了一下，但机器依旧卡嚓作响，这表示还没完，一个红标乍然出现在对焦双瓜的位置上，紧接着又落在双七上。大三元，爆机了，分数板上的数字愉快地跳起来。按照苏小玉这个机器的赔率，方只用了仅仅三分，居然博取了八十分的红利。

那是很多年来我最愉快的一夜，前半夜我搞定了一直都想搞定的女人，虽然并没有发生什么。后半夜则证明了半年的时间并没有荒废，青春并没有停顿、迷惘。在那个时候看来，确实如此。

方其实也没有那么神，他失手的次数也有很多，不过他好像不以为意。其间他让我和苏小玉去玩，到了一定的时候，就把我和她扯下来，自己上，然后看似毫无规律地乱压，但却都弄在了点子上。按照事先的分配，我和苏小玉手中各有百十来块的硬币。一两个小时后，几乎全折在里面了。而方的手中却累积了很大的一把。大约有一百来块钱。我们用看怪物的眼神看他。在我和苏小玉的眼中，已经算是神乎其技了。但我不信邪，要和他再比一次，直到深夜，我一败涂地。我们兴奋地尖叫，从柜台里面拿出啤酒，肆意地喝着。我喝了整整八瓶。睡梦之中，我站在路口，眼前是一望无垠的康庄大道。

我醒来的时候，头痛欲裂。洗手间里传来苏小玉洗漱的声音，方依旧蜷缩在气垫床上我的脚边。他的睡姿很奇怪，像个婴儿。我踉踉跄跄着爬起来，跑到洗手间偷偷地从后面抱住了苏小玉的腰。她哎呀地叫了一声，嬉闹着转过来，将刚洗好的嫩脸对着我。

我把她按在洗脸的台子上，七荤八素地亲了一番。她不拒绝我的吻，却一直制止着我胡乱窜动的手。过了好一会儿，她才推开我，擦了擦嘴上我的口水，呀的一声叫了起来。

方不知道什么时候站在那儿，看着我们，嘻嘻地笑了起来。

我挠挠头，苏小玉左顾右盼，接着我们都嘻嘻地笑了。

一直到吃晚饭的时候，方才肯透露一切，这符合他的脾气。晚饭是苏小玉做的东，毕竟她也是小老板一个。至于吃饭的场所，则换到了一个雅致很多的地方，服务员穿着开衩的旗袍，白花花的腿晃得我的眼睛生疼。

"其实很简单。"方直着腰坐在那里，"不知道你们注意到没有？"

我和苏小玉不迭地摇着头。

"半仙，你就别卖关子啦。"苏小玉用筷子在碗沿上敲打着。

"呵呵，程序始终是死的。之前我太执拗，一直想找出其中的循环，也一直以为是单一的循环。其实不是这样，整个程序的运转中，是由无数的大循环套着小循环。那个大循环很庞大，根本无从计算和观察。妄想能得到每一次机器运行的准确点位，根本是不可能的，因为程序里面还有无数的小循环来掩饰这个大循环。我以前说过，程序分为吃分和吐分。机器的大部分时间是在吃分，记得我们之前做的记录么？我重新让人建模分析了一下，找出了所有出大赔率的分值之前的点位，我忽略掉所有的小赔率的点位，因为太复杂也太不够吸引人，再综合机器的冷热程度，然后再抓分。我之前抓的三元其实是最难抓的，掩饰的程序太多，我能抓住算是运气。但双瓜双星之类的由于出现的次数多，相对要简单。"

"有这么简单？"我问。

"说起来简单，案头工作做了很多的。你得把各种情况进行归纳总结，不能有遗漏，那么多组数据，那么多种情况，你还要根据每种情况的不同做出反应。所以你们也看到了，我有很多失手的情况，但总的来说，我的胜算有六成。"

"好难哦。"苏小玉拍拍脑袋。

"只有六成？"我皱皱眉头。

"别小看多出的一成，那一成就决定了我可以赢钱。"

"有什么打算？"苏小玉问我。

"不知道呢。"我也学她敲敲碗，"我们勤加练习，我想我们很快就可以横扫各大游艺厅了。"

16

　　我曾经听说，风云际会，金鳞化龙。我和方那时候就如池中的小鲤儿。少年们穿着最时髦的衣服，自信和欲望膨胀，高高地昂起头颅。少年们穿过街道，穿过马路，穿过长风，转眼就站在了武汉那间我经常去、经常铩羽而归的游艺厅。

　　经过长达一周的演练，我和方已经熟练地掌握了技巧。我们进去之后，一直待到晚上十点多钟，就连晚饭都没有吃，饥饿全部被兴奋和紧张夺走了。出来的时候，方和我的身上一共带着超过了七百块钱，当然我们并没有下狠手。我们哼着小曲，愉快地徜徉在街道上，像两匹快乐的小马驹。

　　那间三和路的游艺厅，一共有两台和苏小玉家一模一样的水果机，但其中的一台可能由于杀分过于狠毒，在长达七八个小时的时间内基本无人问津。而另一台，就相对要温和很多。老板之所以这样设置，有一些心理学上的因素。进去的时候，并没有多少人玩那台水果机。我们换了币，试了下手气，同时也为了提升那台机器的人气。因为人多手杂的缘故，狠捞的机会不是很多。一开始，付出的都等于白费。为了探出机器的规律，我们花了不少时间。后来我们身后围了不少的人，我们谨慎地闪过一边，马上就有人在上面试手气了。结果几

103

家欢喜几家忧，这都跟我们没关系。我们站在一边，计算机器的吞吐比例。等到我好不容易可以捕捉到一个小循环的时候，我就迫不及待地要进入，但却被方拉住了。

"不够多。"方指了指机器上的一长串数字，那是机器今天的吃分总和。我白了他一眼，没想到这厮看似木讷，出手却相当歹毒。

就这样，我们站桩似的站在那里，期间眼睁睁地看着一个运气好的小子虎口夺食，连中了三把大赔率。不过显然他没有预料到，没有押下重注，不然作为收尾的我们就不一样了。

等到人渐渐少了些，我们出手了。按照计数器上的显示，和我们脑中的记忆，做了一个简单的加减法，很快我们将手中的币全投了进去，大约好几百分的样子。为了装模作样，我们先是把所有的水果图案全部押满，假装胡乱地拍了一通，然后动两个中指，不经意地在双瓜双星双七等大赔率的图案上押下重注，大约占分值的五分之三。这是我的收益，因为还想以后在这里混饭吃呢。但即使是这样，涨起来的分依然让我觉得炫目，可能大家都觉得炫目，就连在大厅中间玩连线机的人也跑过来看了。

堂倌更是瞠目结舌，但我们并没有溜奸耍滑，加上几百块对这样一个场子来说也不是什么大数目，我们很顺利地拿到了钱。

那个时候一个正在玩宠物世界连线机的哥们儿，正好上了五百块钱的分，堂倌直接把钱递给了我们，那哥们儿瞅了我们一眼，点上烟走了。出于兴趣，方则饶有兴致地跟过去见识了一下当时最流行的机型的玩法。那是一台庞大的圆形的机器，上面坐着五个人，分占一角，每个角上就像水果机一样可以提供按键进行押分，但可供选择的种类更多。光是最小赔率的乌龟就有8倍，7倍，4倍三种押法。而动物的种类一共有五种。中间是一个半圆的透明玻璃罩，一个环形的轨道上有几十种大小不一千姿百态的动物。但归结起来也就四个种类，用的居然是当时热播的动画片宠物小精灵里的角色，分别是乌龟、青蛙、恐龙和皮卡丘，还包括一个不知名动物的空门程序。在轨道构成的圆的内圈，排列着红黄蓝绿四种颜色的彩灯，当机器运转起来，彩灯就会从上一个始发位置依次亮起来，最后会停在一盏灯上，在这点上，类似水果机上用来显示的红标。

我之所以这么连篇累牍地介绍这个机器，实在是因为它看起来足够复杂，哪怕是看了一会儿也犯晕。我拉拉方，示意我们该走了。他看看表，点点头，走到门口的时候，却又回过头去看那台连线的机器说："那是什么机器？可真能够吸金的。"

"对啊，那哥们儿二十多分钟玩了五百多。好像是连线机，比我们玩的高级多了。"

"本质上应该没有什么不同吧。"

"嗯？有兴趣啊你？"

他耸耸肩，我们就此出去了。出门之后没多远，在远处我好像看到了一个眼熟的人，依稀是刘唐的样子。不过我并没有做太多的停留，便直奔苏小玉的小店，打算和她一起分享我的喜悦。毕竟那个时候，虽然只有短短一周，我和她已经上过两次床啦。

当然这都是在方并不知道的情况下。苏小玉的道貌岸然我且不及。她利用了方和我们见面的时间差，和我做成了这等苟且之事。所以方被蒙在鼓里，以为我们依旧是纯洁的男女关系。当然爱情是纯洁的东西。但那个时候，我和苏小玉都是成年人了，完全不必像小孩子那么费劲折腾，把爱情当成狗屁一样的成天挂在嘴边。

我见到苏小玉的时候，我和她保持着稀薄的克制。我从兜里的钞票中随便抽出一张，像是个受惯性驱使的老嫖客，不过好在苏小玉并不以此为意，她欣喜地接了过去。

"这是今天的收成。"我撇撇嘴。

"就这么点啊？"苏小玉欲壑难平。

"只是你那份。"我说着。

"一共多少？"她问。

"七百。"方不紧不慢地坐在那儿，手指在柜台上敲动着。

"那凭什么我只有一百？"苏小玉不满意地说。

"这一百是宵夜用的。"我摇着头说。

　　我们找来城市的地图，将武汉所有的赌博机地点勾勒出来，由我提出具体的要求，方来制订具体的计划。他制订最简短、最完美的行程，其实不过是一些排列组合，目的是使我们在短期内，比如两个星期，绝不出现在同一家游艺厅，从而让别人记住我们。我们尽量保持低调。

　　计划总是好的，但实际上，并非每家游艺厅都有着和苏小玉家同样的机型。我们算过，不过十台的样子，这一切都言之凿凿地记录在方的笔记本上。

　　说到方的笔记本，我认识他到现在已经换了两本。他健忘的毛病依然存在，除了做和数学有关的事情外，其他的仍旧会忘记。所以经常出现如此的情形，上一秒钟我和苏小玉在他面前亲昵，下一秒钟他就会忘记苏小玉是我的马子了。这让人有些尴尬，不过无所谓，生活本来就不是尽善尽美的。

"借你钱的话，你会不会忘记？"有一回苏小玉问他。

"不会，我会记下来。"方认真地说。

"那我要是一年不还呢？你总不会想着去翻一年前的吧？"

"我会每天都记在页眉上，直到你还了为止。"苏小玉喝的水差点喷了出来。

"那如果我拿了你的本子，勾销了那笔账呢？"我提出了一个技术性的问题。

"据我所知，"方笑眯眯地说，"我没有试过，而有此邪恶想法的人，至今只有你一个。"

"他从来都很邪恶。"苏小玉咬着嘴唇说。

只消一个月的工夫，我和方的足迹就遍布了武汉所有的游艺厅。我们尽量保持低调，每次收到大约五百到一千块之间的样子便会收手离开，留下莫测的背影和回忆。方曾提议和我分头行动，但被我拒绝了。按照方的德行，身边没个人照看着，很可能会出上什么岔子。因此我们决定把这门手艺传授给苏小玉，这样可以让利益最大化合理化，而且三个人的组合至少有五种，这样就更不会惹人注意。

可惜苏小玉笨得可以，最后不得不让她像方一样，把我们的授业准确地记在本子上。她的店子不再开了，一万多块钱顺利地转了出去。我们在花园小区新租了一套房子，作为新的据点。

鉴于我们完美的计划，事情进行得非常顺利。那一个月，我的口袋里总是装满花花绿绿的票子。我和苏小玉会出没在稍微高档一点的商场，有时逛有时买，过得好不惬意。当然方这个人就比较闷，他没有别的欲望，而且喜欢保卫自己的贞操。私下里我曾经带他去过一次洗浴中心，我是带上苏小玉的，这母老虎我很忌讳。

"我帮你挑个姑娘吧？"泡在热腾腾的蒸汽房里，我直勾勾地看着方的下半身。

"做什么？"方问。

"苟且苟且。"我文绉绉地说。

方想了想，居然答应了，这让我很意外。我们去酒吧喝酒叫姑娘的时候，只有方正襟危坐，高瞻远瞩，一副士大夫的模样。我帮他认真地挑了一个小土鸡，专门关照说方是个雏。小土鸡听了很兴奋，打算让他开开荤。

小土鸡客气地拉着方的手进去之后，苏小玉猥琐地提议在外面偷听，我自然也很猥琐地应允。

以下出自一些模糊的臆测的不靠谱的道听途说的对话。

小土鸡：脱吧。

方：脱什么？

小土鸡：衣服。

方：你先脱。

小土鸡：好吧。

小土鸡：听说你是个雏呢？

方：嗯。

小土鸡：你怎么不脱衣服。

方：啊？我忘记了。

小土鸡：你快脱啊。

方：等等，我先记下来，你叫什么来着。

小土鸡：小微。你怎么又忘了。

方：对的，我的记性不好。

小土鸡：摸我呀。

方：怎么摸？

小土鸡：像我摸你一样摸我。

方：啊，你别摸我。

小土鸡：我不摸你，你怎么知道咋摸？

方：那我不摸你就得了。

言而总之，我和苏小玉在门外站得腿都要软了，始终没有听到呻吟之类的靡靡之音。最后方竟然循循善诱其从良之，小土鸡歙歙不止。虽然没有做过什么，两人居然成了朋友。

以此作为此段糜烂生活的结尾，似乎再好不过。

我们挥霍无度，那些钱来得很快，去得也不慢，仿佛我的口袋只是个中转站。不过有什么关系，年轻时候不去享受美好的青春，等老了，我们就只有追悔莫及的份了。这句话是苏小玉说的。

17

　　苏小玉完全学会手艺的时候，已经是一个星期以后的事情了。只消了短短一个月的时间，由于我和方的细致，如同残花落水，并没有在赌机业引起太大的波澜。不过这也是我们一相情愿的想法。

　　我依稀记得，苏小玉第一次和我出去耍的时候，方似乎并不在场。至于他为什么没有在场，我忘记了。总之她跟在我的后面，唧唧喳喳地像个小家巧儿，但我也不以为意，因为我已经很久没过美人轻裘少年郎般的生活了。不过苏小玉那个时候并不像个女人，她戴着压低的棒球帽，穿着牛仔和板鞋，还有我借给她的外套。不仔细看的话，不会看出是个妞儿。我们进到大满贯游艺厅，并未引起注意。大满贯也位于三和路上，距离我以前喜欢去的三和路那家只有几百米远，大约是近几个月才开张的，生意很棒，上起分来也很优惠。

　　苏小玉握着我的手猛地紧了一下，那里面有很多男人，大多獐头鼠目，这表明她已经很久没见过这种阵势了。好在她很快就适应了。我找到了机器，先试了一下手气，苏小玉端个小板凳，依样化葫芦地玩了起来。

　　"你说下个押什么？"趁着周围的人不多，我逗弄苏小玉。

　　"我来押我来押。"苏小玉凑过来，端详了机器好一会儿才下了决定。不过一出手甚是豪阔，押了三十多分才肯罢休。好在今日只是过来玩乐，我也并不以此为意。

"你押苹果这么多分干嘛？苹果的赔率是五太小，中了也不值得。"

"我觉得会跑这个。"苏小玉说。

我按了开始键，结果说什么好呢，她真的中了。

"这个是什么？"她指了指按键面板上靠得很近的两个按钮。

"那个是买大小的比倍程序。一边是大，一边是小，就像是摇骰子一样，中了的话，你押的分就翻倍。"

"还有这么好玩的？"她笑了起来，"我以前还不知道呢？"

"那你随便拍个。"

我还没反应过来，她就啪的一声在机器上拍了一巴掌，是大。二十五分变成了五十分。

"好快。"她拍着手。

我把其中的二十五分转走，让她继续碰运气。她又拍了一下大，又变成了五十分。这有点让我什么脾气都没有了，这女人的运气真棒，像她的身体一样棒。

"你别把分转走了，我要押五十分。"苏小玉钳住我的手，拍了下去，还是大，五十分变成了一百分。

"这样下去要发财啦。"她说。

"你要押一百分么？不可能一直中下去的。"

但事实是她又中了。有些人觉得诧异，围将了过来，本来很平常的情景变得有一丝诡异。每次乘以二，她已连中四把了。

"别玩了，咱们把分退了走吧。"我说。

"不行，我再押一把，中了就走。"这女人的赌性不比我差，

"已经中四把大了，这把我就押小吧。"她琢磨着，好像很有门道的样子。结果在众人的惋惜声中，那两百分瞬间化为了乌有。

"臭手臭手。"苏小玉责怪地拍打着自己的手。

我嘲笑着她，看看表说："我们走吧，去吃夜宵去。点到为止，我们又没有输。"

走到大厅角落，苏小玉突然搂着我，在我的脸颊上亲了一下。她小鸟依人的样子真让人开心。女人的心意仿佛可以随意转换，好像她真的忘记了那个人。楚项东这个名字我一直没敢在她面前提，可是我总感觉有那么一丝的阴霾、一丝不安，充斥在我和她之间。她究竟是喜欢我，还是我只是个寂寞的替代品？不过管他呢，成年人不扯这些没用的虚妄的货色。

我和苏小玉刚出门，一整天以及后来的好心情就完全消失不见了。一个阴影，一个枷锁，那个王八蛋蓦然出现在我们面前。她牵住我的手不自觉地松开了。

楚项东的小弟，走狗，我的老师，我的仇敌。

他站在那里等很久了。从他在大厅中央看见我们，就站在门口的拐角等待，等我们出去，等着我们碰见他。从他脚底下的烟头就可以证明我的推测。

"嫂子。"刘唐的眼睛没怎么招呼我。

苏小玉没说话，又重新拉住我的手，想要把我从这个尴尬的光景中抽走，但刘唐只稍微挪动着步子，就横过身子挡在了我面前。

"嫂子你能走，但这个小子要留下。"他阴森森地说，仿佛我像是砧板上的一块猪头肉。

"你要我留下干什么啊？"苏小玉没开口，我就接过了话茬。

"我能阉了你，你信不信？"他的脸都快贴到我脸上了。他的手上一晃，现出和当时楚项东手中一样制式的蝴蝶刀。

"阿唐，你别乱来。"苏小玉一把握住他的手。

"大哥他一直都惦记着你呢！你却跟这个小瘪三缠在一起？"他甩开苏小玉的手，愤愤地说。

"惦记是个什么东西？"我冷笑着说。换在平日我可能跪地求饶了，可是现在，就是此刻，不知道为什么，我决定不再向任何人低头，不向任何人！

"你他妈闭嘴！"他将刀子别在我的脸上。

"苏小玉，你别过来。"我喝止住苏小玉，"他不是要阉我吗？你来啊？"我把脸往他的刀口上蹭，"你以为就你他妈有种么？有种今天就拿刀划了我，别他妈的让人讨厌！"

"几天不见你拽了啊？"刘唐是软硬不吃的货色，"我真想知道，你凭什么勾引我嫂子的？"

"是我勾引他的。"苏小玉恬不知耻地说着，要去夺刘唐手上的刀子。

刘唐生气了，使劲地一甩手，把苏小玉甩出去好远。那时虽然天色已晚，但仍有不少好事之徒在旁边围观。我一看他对付苏小玉就急了，趁着间隙用膝盖猛地在刘唐的小腹一顶。他哼哼地弯下腰，刚要站起来我又跟上一脚，抄起地上那块注意了很久的石块，一个健步骑在他身上，将他拿刀的手按住，另一只手扬起石块对准他的额头。

一连串动作一气呵成，水银泻地般毫无凝滞。用的是当年跑江湖街头打架的通用手法。我再次声明，我并非只是偶像派。

刘唐挣扎着想要起来。我不像他那么废话，直接用石头磕了他一下，手法不重，但足以让他老实了。苏小玉爬了起来，过来拉住我的手，叫我别乱来。

"我不乱来，我只想跟他说几句话。"我扭过头，看着他的眼睛，"你说那姓楚的惦记她？他怎么惦记她？就是放她一个人在这个大城市漂泊？一个人面对那些骚扰她的流氓？一个人忍气吞声艰难生活？有人靠近他，姓楚的就干掉他？有人保护她，姓楚的就阉了他？你见到姓楚的就告诉他，我就是要靠近她，保护她，要干掉我随便来，我一点都不怕。"

　　那天晚上，苏小玉陪着我在号子里待了四个多小时，一直到凌晨三点，把事情反复地讲了七八遍才搞定。两个小警察没难为我们，我随身带着学生证，让他们以为我们只是两个大学生小情侣。而刘唐就没那么简单了，他手上有蝴蝶刀为证，又有人看见是他先动的手，所以我们很顺利就出来了，留着这个傻逼在里面吃牢饭吧。

　　但我知道也就是拘留两天而已，事情是不会就这么结束的。

　　三点多的大街上，路灯熄灭了一半，两条惨淡的影子黑黢黢地映在地面。苏小玉搂着我，一路上我们都一言不发，只是快到花园小区的大门口，她才停了下来。

　　"袁逍，你知道吗？以前，从来没有人跟我说过那样的话。"

　　"我没跟你说话啊！"我完全不配合她的情绪。

　　"你说要靠近我，保护我。"她低声地说。

　　"我随便说说的，其实我只是垂涎你的肉体。"要到了很久之后，苏小玉才会知道我只是嘴皮子很硬而已。所以那个时候，她毫不犹豫地飞起一脚，差点就踹中了我，然后头也不回地走了。其实我是想说点别的，但却觉得舌根软弱，嘴巴发苦。我说的是实话，起码在一开始，我的确是这样想的。但我不知道从什么时候开始，一股忧郁之感如恣意生长的野蒿，铺天盖地地占据了我的心灵。

18

为表我的歉意，两天后我去花店买了几束花。那是我第一次买花，拿着它们走在大街上，显得很土气，引起很多人的侧目。但好在我无所谓，兴奋地跑到我们住的小区敲开门。站在门口的时候，我想象了一会儿苏小玉见到花的样子。

那时我还不懂女人，以为女人只是英俊的相貌和几束花就可以搞定的事情。

苏小玉打开门，看到我，面无表情地将花接了过去。就在我准备跨门进去的时候，门又啪的一声关上了。我愣在那里有十几秒钟，然后方晃着不紧不慢的步子爬了上来。

"啊，果然是这里，我还以为我记错了呢。"方笑呵呵的，看我没什么反应，有些疑惑，"难道不是这里么？"

"是这里。"我低着头说。

"那怎么不进去？"方说完就开始敲门。

"你滚！"苏小玉怒气冲冲地叉着腰打开门，看见一脸惊愕的方便说，"啊？是你啊，进来吧。"

她客气地拉着方进门，我悄悄地跟了上去。她回过头，想用眼神杀掉我，或者让我羞愧，让我无地自容，总之是想让我不自在。

"学校放假了。"一进门，方心事重重地说。

"对啊，我跟家里说我在这打工。"

"我刚去办了复学手续。"方抿抿嘴，很腼腆地说。

"那很好啊！"我点了根烟，顺便扔给苏小玉一根，烟掉在地上，她却连捡都不想捡。"也就是说，过完七八月份，你就不能像现在这么散漫啦？"

"当然。"方点点头，完全没有在意我和苏小玉的别扭。

"你等我一会儿啊。"我说着站起来，拉着苏小玉就把她往屋里扯。

"你干什么啊？"苏小玉半推半就地被我搞进了房间。

"你别生气啦。"我扶着她的胳膊，说完这句话就把她抱在怀里。以前这招百试百灵，女人一靠上男人的肩膀，所有的事情都解决了，但苏小玉显然不是那样的主。她靠在我身上，身体僵硬，对我的讨饶毫无反应。我有些焦虑，松开她，看了她一眼，又把她搂住，如此反复三次，却只觉得她僵硬的程度更加严重了。

"你到底要怎么样啊？"我终于忍不住了。

"我就不想理你。"她哼了几个字就转过身，把我晾在屋里出去了。我又点上根烟，坐在她的床上，这张床足有两米宽，可以在上面自由翻滚。我靠在墙上，生起闷气来。屋外没什么动静，连方都不过来睬我一下。我想出去，但又不想看到苏小玉的冷脸，于是就一个人坐在窗前的书桌前，拿起钢笔在信纸上胡乱画起来。

我们那个年代的人用惯了纸笔，没事就会在纸上乱写，想起什么就写什么。我突然有了个稍微浪漫的点子。我坐在那，写了一封类似道歉或者情书一样的东西。我的文笔很差，不过意思是表达清楚了。写完后我把纸摊开，放在一个显眼一点的位置，然后打算出去唤上方一起去打机，留下苏小玉一个人。她总会看见的吧，那只是时间问题。她看见会怎么想呢？苏小玉的男人以前是大老粗，没什么文化，肯定没有我如此手段。但待我出得门去，突然觉得很惊恐。幽暗的客厅里空空如也，就像苏小玉偶尔不喜欢穿Bra一样的空空如也。只有茶几上有一杯泡茶。我立马慌了，洗手间厨房都没有半个人影，就连呆头鹅方也不见了踪影。

　　我冲向大门，使劲摇晃，却打不开。

　　十几分钟之后，我坐在沙发上彻底蒙了。我，袁逍，一个人被反锁在屋子里了。

　　按方事后的说法，他是在完全不知情的情况下被苏小玉连拉带轰赶出房间的，因为他是处男，还保持着相当好的纯洁度，居然都没有发现苏小玉反锁我的企图。

　　整个事件很清楚，苏小玉早就原谅我了，只不过她相当矜持和克制，即便是在我和她肉体接触的情况下亦是如此。她想和我开个玩笑，顺便解解气。想来女人实在是太可怕了，她早就策划好一切：先是拉着方去打机，傍晚回来，晚上赶走方，再和我做爱。

　　这都是事后才能知晓的情况。那么一个被反锁在房间里的人，能做些什么勾当呢？那时我盯着我的BP机，希望谁良心发现来给我解释一下，但这厮却稳如磐石。我也无法联系他们，因为房间里没有装电话，更没有手机这种方便的东西。

　　我坐立不安，想翻窗户，但因为在六楼而放弃了。想砸门，但又舍不得，防盗门很贵。后来在角落里找了几本90年代很流行的刑侦杂志消遣。我是躺在床上看的，看着看着就睡着了。

我醒来的时候，天色完全黑了。我的头有些疼，只能站在窗口望着没有星月的天地发呆。城市的灯火浓妆艳抹地登场，不远处有一个百货广场，彩色的霓虹灯可以穿透稀薄的空气。我待了一会儿，在心里暗骂苏小玉和方。我抄起我的汉显砖头机看了下时间，六点多了，但我不知道要干什么，只好去看电视。

　　即使苏小玉是个心狠手辣的妇人，但方没有理由把我扔在这里这么长时间，而且我知道，以方这样的呆瓜，他们不可能在一起玩这么长的时间的。

　　我浑身发热，有些紧张。一些粘糯不安的情绪浮了出来，我无心再看电视。万一这两人被人做了，我岂不是会被关死在这里，风化腐朽，成为干尸？我得想法子，把自己弄出去。我靠在窗边，一边观察地形，一边想要找个机会叫个人报警什么的。

　　快十点了，我差不多被关了七个小时。我琢磨着，找着机会我一定双倍奉还给那个蠢娘们儿。

　　仿佛冥冥中有些感应，一辆汽车进入我的视线。它从苍茫的夜色中现出狭长的身躯，绕过花坛、沿着小径，在楼下停了下来。借着楼道里微暗的光，我看见有几个人钻了出来。

　　有个妞下了车就抬起头，向楼上我的方向看。她看不见什么，因为我在黑暗里，但我却能模糊地认得她的脸。她身后是一个高大男子，男子身后是一个很怂的影子，大约是方。

　　果然不妙了，我的第一反应是楚某人衣锦还乡，找到了苏小玉，供出了我。我想了想，钻进了厨房，抄起菜刀裹进衣服里，然后将茶几旁的落地灯熄灭，钻进了卧室，直接打开衣柜，躲了进去。

　　苏小玉最近比较宽裕，添置了新内衣，但我已无心顾及。我的心怦怦跳着。门开了，客厅的灯首先亮了起来。

"袁逍。"苏小玉扯着嗓子喊我的名字。

我没应声。

"袁逍！"她又叫了一声。脚步声嘈杂，大概苏小玉在房间里寻找我的踪迹。卧室的灯也亮了起来，灯光透过缝隙打在我的双眼之间。苏小玉的大腿停在我的眼前。她猛地打开衣柜，好像知道我喜欢藏在这里似的。她差点尖叫出来，这不是当年的小太妹应该有的素质。我们的眼神在瞬间进行了无数个交流，她很慌乱，关上衣柜。

"他不在。"她走到客厅，对着一个穿着皮鞋的男人说。

"他不是被你反锁在这么？"方的实诚真是让人赞叹。

"对啊。"皮鞋男子身后有个人推了苏小玉一把，"你可别骗我们老板。"

"不信你们自己找啊。"苏小玉背对着他们给衣柜里的我打手势。那个手势类似江湖上的黑话，大意是出事了。我握紧了刀把。

皮鞋男子绕过苏小玉，站了一会儿，吐了一个冷酷的字眼："搜！"

三四个人分头散开，有两个走向卧室的方向，一个直奔衣柜，将我眼前最后的一丝光掩盖了。事后苏小玉告诉我，她害怕极了，因为遇上的不是江湖草莽那样普通的货色。

只需一股没头没脑的血勇，就在那个喽啰打开柜门的一霎那，我伸展了蜷缩的身体，蹬脚一踹，但见那喽啰和所有的人都猝不及防。我抄着明晃晃的菜刀，奔袭数米，直取那老板的首级。可惜这只是天真的妄想，我还未看清皮鞋男子的长相，一员皮夹克大将只一个照面，就完成了徒手夺刀、反转我的手腕这一系列高难度的动作。

扑腾一下，我跪了在皮鞋男子的脚下。他的皮鞋真亮，将我的狼狈样照得一清二楚。

"你他妈造反啊？"皮夹克大将狠狠地在我脑袋上敲了一下。

"你别打他。"苏小玉像是护孩子短的妈妈挡在我的背上。

"马老板，你说好不打人的。"方站在皮鞋男子的身旁理论。

"阿三，放开他。"皮鞋男子又发话了。

唤作阿三的皮夹克大将踹了我一脚才松开，苏小玉搂着我站起来，我看她楚楚可怜的，不再是个凶恶的臭婆娘了。我突然忘记了她对我的恶劣，握着她的手，顺便帮她把凌乱的头发理好。就这么两个动作，众喽啰已经围了过来，三十多平的客厅显得非常狭小。

当时屋子里的人群分布是这样的：皮鞋男子独自端着一张高脚凳，坐在客厅最空旷的地方。他翘着腿，但不晃动，却带着下山猛虎的气势，将我、苏小玉，和方逼坐在沙发上。那员皮夹克站在他的身后，至于众喽啰，他们星罗棋布地分布在我们周围，稳当地从各自角度控制住我们。

方像是个犯了错误的小学生，握着自己的笔记本，低头看鞋尖。苏小玉握着我的手，有些发抖，紧张地贴着我坐着。我尽量伪装成正常，期间还装模作样地喝了一口茶几上的水。

"老实点。"站在我旁边的喽啰把我按在座位上。这时候我才发现他居然是金毛彬。等他对我下完手，便恭敬地站在那不动了。

时间煨着小火，慢慢地炖着我们。人为刀俎，我为鱼肉，大抵就是这个意思。

"你就是袁道么？"皮鞋男子说话的时候，我才真正看清楚这男人。宽阔的额头，高鼻梁，刻薄的嘴唇和一无是处的眼神。大多数伪成功人士的典型长相。

"你是谁？"我装成从容的样子。

"这是我们马老板。"金毛彬站在我旁边恶狠狠地说，却被皮

120

鞋男子瞪了一眼。

"我叫马培生。"皮鞋男子在说自己名字的时候，换成了低沉的中音，然后掏出一根万宝路，悠然点上，又扔给我和方一人一根。方把烟放在桌子上，我则点上了。

"马老板，"我客套地说，"这么兴师动众，太严重了吧？"

马培生朗声一笑，身子向前一凑，又虎起了脸说："你们做的事，我都知晓了。"

"知晓什么？"我弹了弹烟灰，白了一眼方，他一脸无辜，我又看了一眼苏小玉，她把头低了下去。唉，娘们儿始终是娘们儿。

"5月17号，你们在我三和路的场子，待了一个下午，赢了七百多块。5月23号，你们又来，是你和这个眼镜，赢了四百多。5月27号，你们在我昌云路的场子出现……"他不紧不慢，如数家珍，把我们的业绩说得一清二楚。

"这么说，从5月27号开始，我们每天做的事，都没能逃过您的眼线了？"

"基本上可以这样说。"他狡黠地眯着眼，"23号，我就注意你们了，只是27号我才找人盯上你们。今天我才在现场抓了你们，没想到你没出现，所以我就上门拜访来了。"

"有这样的拜访么？"我示意了一下周围的喽啰。

"我想怎么拜访就怎么拜访。"他换了一下腿。

"大路朝天，各走一边。马老板开的是赌场，难道不能让人赢钱么？"

"天要下雨，人要赢钱，谁也没办法。问题是，我知道，在武汉乃至在全国都有些像你们这样的人，我们称之为'老千'。"

"老千？"我笑了笑，"严重了吧？"

"严重？你知道，如果抓到你们这样的人会怎么样？"他眉毛一拧，看了我一眼。这一眼很冰冷，从开始到现在，这个称之为马老板的人，态度客气，甚至没有不怒自威的感觉，但是这个眼神却将他的霸道一览无遗。

"马老板，你就放过我们吧。"苏小玉抬起头哀求着。

"小玉啊，"原来这个马老板是认识苏小玉的，"你怎么和这种人缠到一块了？"

"马老板，我可以将我们在你场子里赢的钱都吐出来，而且以后绝不再在你们场子出现。"我示意苏小玉别说话。

"愚蠢。"马老板撇了撇嘴角说，"你以为我会在乎那区区几千块钱？"

"那要什么？一只手么？"我将自己的手摊在茶几上。

"每个行当都有它的规矩。早几年，我们还不知道这个圈有像你们这样的人存在。"马老板瞥了一眼我的手，站了起来，反剪着手，在屋子里踱了两步。"本来嘛，我们做这个的哪能说不能让人赢钱？可是这么多玩家，有几个像你们这样靠玩这个吃饭的？它就是个消遣，要是所有人都把它当个捞钱的，那这个行当不就坏掉了么？"

我赶紧点头称是。

"我们做的是光明正大的行当，所以要你们这种人一只手，过分么？"他说完这句话，那个唤作阿三的人腰里掏出蝴蝶刀，一个花哨的摆弄将刀展开，然后一个反手，向茶几上我的手扎过来。

苏小玉一声尖叫，想过来扶我的手。我动也没动，眼见着那把刀扎在我手边的茶几上，只有盈寸的距离。事后方问我怎么不动，说实话我也吓坏了，可是凭直觉，知道那一刀并不是冲着我的手来的。

"万一被扎了怎么办？"方问我。

"一了百了，你以为就算那刀不扎中我，他会放过我们么？"

"够种！"马老板不知是赞叹还是耻笑。他坐回凳子上，变戏法似的从怀里掏出一个牛皮信封放在桌上。

"什么意思？"我疑惑地喘着气。

"这里面有五千块钱，我要你们帮我做件事情。你们也可以不帮，但我会为你们准备一把刀。"

"什么事情？"苏小玉大胆地问，扫了一眼桌上的信封和刀。

"你们知道武汉有多少家游艺厅么？"他问。

"二十七家。"方很快报出了数字。

"果然是专业的，武汉说小不小，说大却也不大，生意很难做啊。"马老板看了方一眼说。

"马老板，你就直说吧。"我白了他一眼。

"我就两家场子，三和路那家是大一些的，昌云路那家小得多，所以我主要打理三和路的生意。可是最近，你们也注意到了，三和路上，就在我那场子不出一百多米的地点又冒出一家来。"

"是大满贯吧。"我想了想说，"大满贯的场子最近好像连开了好几家。"

"大满贯是个外地人开的，姓何，很生猛啊。和我对着门做生意，我10块钱100分，他就200分，等我200分，人家400分，总是翻着个的来。最近这段，我场子的人气差了好多。"

"您是想要我们去他那玩，死命赢他的钱？"苏小玉问。

"那是杯水车薪，我们能赢多少？都是九牛一毛的钱，谁会在乎？"我不耐烦地训斥她。

"你说得对。"他又点上一支烟，"大满贯那边底子厚，我干不过他，所以我想了点别的法子。"

"什么法子？"

"做生意么？重要的是信誉，我找你们是想让你们过去，使劲赢他的钱，尽量把动静弄得大些。我会想办法找人冒充他们的人，把你们的钱抢光。我敢保证，这事不出三天，所有的玩家都会知道这事。"他吐着烟圈，很满意地看了看我。

"有用么？"我皱眉。

"类似的事情一年前曾经发生过。"

"结果呢？"

"结果就是，那家场子一个月就熄火了。"

"那为什么找我们？"我不满地问。

"因为你们是新面孔，别的像你们这样的玩家，一进场子就会被认出来。还有我见过你们玩的录像，虽然我不知道你们用的是什么手法，但是做得真妙，我不相信还有谁会比你们更能引起关注。"

"我们也就会耍那台机器而已。"苏小玉把大实话抖了出来。

"放心，我调查了，那场子里有一模一样的机器。"

"好像我们别无选择了？"桌上，刀片的反光刺痛了我的眼。

"是的。"他斩钉截铁地说。

"我有一个条件。"一直没说话的方突然开口说话了。在那之前，我完全没有想过他的想法，可是直到过了很久之后，我才知道，如果说是我带方走到了一扇恶魔的门前，那么方就是打开那扇门，释放出那个恶魔的人。

"哦？你说。"马老板很有兴趣地看着方。

方摊开本子，我这才注意到他一直没有间断地记录。"我想在你们不营业的时候，借用一下你们那台宠物世界的机器。"

"那是大热的机型，现在每个场子都有。"马老板直视着方。

"是的。"方很平静，我突然明白了方的意思。

"我以前很好奇，你们这些人是怎么跟机器玩的，你们想搞那台机器？"

"人总是在前进的。"我接过话茬，"我们可以保证以后绝不在马老板的场子出现。"

"那我不是会对不起我的那些同行？我不知道，现在这样的情况，你们有什么资格和我谈这样的条件。"马老板抬头看看天花板，众喽啰很配合地围拢过来，像个铁桶阵。

"那我选刀子。"我拔起桌上的蝴蝶刀，阿三反应迅速，向前一步，直接把我拔刀的手按在桌上。

"真棘手啊。"马老板叹息道，示意他的手下不要动。屋子里又静悄悄的，没有人说话。

"好吧，我答应你们，不过我有时间限制。"

"多久？"我看了看方。

"最少一个月。"方说。

"不行，我只给你们十天。"

"二十天。"方争取着。

"十天。"他坚持。

"十五天是最少的，否则我拒绝。"方说。

"好，三天后来我场子找我。"姓马的走之前扔下一句话。

"老板，就这么放过他们？"我听见金毛彬在屋外的声音。

"这几个小瘪三，能翻起什么浪来？"姓马的毫无顾忌地说。

我唤了一声方，拿着桌上的信封抽出钱，递给他一摞。"你怎么想的？"

"我只是对那台机器感兴趣。"方笑了笑说。

19

　　马培生和楚项东有很深的过节，却一直没有动苏小玉，因此在混混界留有仗义的声名。不过接触之下，我只觉得他城府极深，很难对付，这样的人绝不可能仗义。他所以和我订下这个盟约，不过是因为那个时候，问题确实已经迫在眉睫。大满贯在他对面开店才两个多月，他店里的人气大不如前。姓马的降价降不过人家，才想到用这样的阴招。

　　对我们来说，得罪了谁都不会有好果子吃。但形势所迫，我们要么以后不再玩这个，要么就只能豁出去了。

　　那三天里我有一半的时间和苏小玉腻味在床上，几乎像是在世界末日，进行着原始的本能活动，直到我的小和尚撑不住为止。其余的时间，我就会将方约出来，打算和他一起尽情挥霍那几千块钱。但方不好娱乐，最多的也就待在他第一次请我喝咖啡的地方。我们有钱，可以点极品的蓝山，可方似乎更钟情于普通的冰咖啡。

　　"有把握么？只有十五天。"闲扯了一会儿，我就把话题扯上了正路。

　　"没有。"方望着窗外。

　　"你们小心点，马培生真的不是什么好人。"苏小玉插话说。

"那他为什么会放过你？"方笑眯眯地问。

"他只是比较道貌岸然，知道拿我也要挟不了那个人，还不如卖个人情。"

"似乎很合逻辑。"方点点头。

"别跟我扯逻辑。"苏小玉很烦似的，在桌下使劲地拧我。

"那你有什么打算？"我忍着痛，继续问。

"我们所掌握的那种机器，不但输赢小，而且正在被淘汰。我们所到的场子，有几家都没有了，而那种连线机，如姓马的所说，正是大热。据我的观察，如果干得好，一次赢来的钱比现在我们花上一天弄来的还多。"

"是么？"我喝口咖啡。

"更重要的是，那种机器对我来说更有挑战，不是么？"方反问我。

"你变态啊。"苏小玉陷在沙发里说。

"就那十五天？"

"我根本没想靠十五天做出什么来。我们要做的是在这十五天完全了解、摸透这台机器的玩法，加上我们之前的经验就好办了。"

"那祝我们好运吧。"我端起咖啡。

方曾经说过，第一次破解多少有些运气的成分。可惜时运无常，很可能我们哪天就会折了。要和连线机较劲，首先就要了解它。从外观上看，它比之前的玛丽机更为庞大、丑陋。如果你了解变形金刚的话，两者可以说是小金刚和组合金刚。但除去浮华虚无的外表，其核心的程序，则是万变不离其宗，依然会有吃分、吐分、演示、煽动等程序，依然是在8位的CPU驱使下，由二极管和数码管堆砌而成的机械体。只不过连线机的核心程序更为复杂，里面会有更多的"如果……那么"，及其先决条件，因为机器要处理的是同时好几个人的博彩。我们面临的情况更复杂，除了机器的原因，我们还要面对来自对手的干扰。

我们所知道的也就这么多。当时的程序都被固化在电板的ROM中，经过了加密处理，拿它毫无办法。

经过三天如死亡般绚烂的吃喝玩乐之后，我们不得不开始做事了。拿人钱财，替人消灾，这是没办法的事。

第四天我单枪匹马去见马老板。

他在办公室里接见了我，对于我的守信表示满意。他告诉我暂时按兵不动，先派两个人去探探路。同时承诺这两天即使在他们营业的时间，我们也可以随便使唤一些游戏币，到场子里玩玩，但他会派个人陪着我们。

这个人推门进来，首先看到的便是一撮黄毛。

阴魂不散，金毛彬。

我只找了方，没有叫上苏小玉。金毛彬显得很不爽，但暂时没有什么办法，因为我们现在也成了他老板的喽啰。虽然都是喽啰，但也有三六九等之分，显然我们的级别并不在他之下，但这也不妨碍这个烂人给我们小鞋穿，他先是不按照吩咐给我们拿币，还像块嚼过的口香糖，走到哪粘到哪，这真他妈让人受不了。

我们直接坐在宠物的连线机上。上面已经坐了三个客人，所以一共五个人。我和方一人先要了五十块钱的500分。他坐在我的旁边，不动声色地玩了起来。这个时候，我才搞清楚机器真正的玩法。

面板上的排列如下：

黄色（赔率）	绿色	红色
皮卡丘（46）	皮卡丘（40）	皮卡丘（25）
恐龙（23）	恐龙（17）	恐龙（12）
青蛙（13）	青蛙（11）	青蛙（7）
乌龟（8）	乌龟（7）	乌龟（4）

押分还是照样押，只不过在每种动物按键的两侧分别有红绿两种发光管的显分框。红色的显示在此种动物上一共押了多少分，绿色的显示在上面押了多少分，其余的没有什么区别。我先小试身手，看4倍的乌龟上没人押便押了10分。彩灯一连串地亮了起来，最后停在乌龟的灯上，我正高兴呢，却发现是绿色的7倍的乌龟，跟我毫无关系。我望了望方，他好像也没中。我又连玩了几把，感觉这个机器很难中，要考虑的押数太多了。我豁出去了一把，把面板上的动物押满，但只押2分，用了24分，最后跑了一个8倍的乌龟，16分我亏了8分，不过那是我第一把中，已经很好了。我只剩下300多分，起身去看方，发现他比我更惨一些，只有200多分。

接着机器跑了一把25倍的皮卡丘。

"Oh Yeah!"我对面蓬头垢面的伙计好像中了，狠狠地敲在机器上。

当我只剩下100多分的时候，这种机器的诱惑，加上我这么多年打机的经验告诉我，这种情况下就只剩最后一博了。我把剩下的100多分全部押在恐龙和青蛙上，因为根据概率和赔率，皮卡丘的几率太小，而押乌龟的话即使中了也不划算。事实证明我还是有那么一点素养的，我中了绿色的青蛙，押了11分，121分，保本。又可以再玩几把，此时方却岿然不动。

又过了大约十多分钟，我结束了，一分不剩。我也懒得加分，干脆站起来去看方的分，结果差点吓了我一跳，这厮700多分，没输反赢。我站在他的身后片刻，他输进去100多分，下一把他加了注，稍微回了一些。总之来来回回，我也没能看出什么端倪。

　　最后还剩500分的时候，他退了分，拿了钱，和我一起离开了。

20

　　时间进入了2007年6月中旬，武汉闷热异常，几乎不能在太阳下做片刻停留，否则身上立即就会汗水淋漓。三和路场子里，空调已经开到了最大，只有三三两两的人。金毛彬并未如影随形，我们手握马老板的金科玉律，但并没有向堂倌索要过多的分。方昨天忘了带本子，几乎什么都没记住，还好今天没有忘记。我们两人中方参与游戏，我则在一旁负责记录。

　　有了之前的经验，要记录的事并不是很复杂，但我比方可紧张多了，像个上了发条的机械齿轮，没完没了地看灯，分辨动物和颜色，还要低头记录。一个多小时后，便觉得脖子很疼，好在那时候方的分数也寥寥无几，等他玩完了，我借上厕所的机会让他暂时停下，好去歇息一会儿。

　　我在厕所旁边的窗前抽根烟，透上会儿气。马培生的办公室就在走廊的尽头。

　　哒哒哒哒，是高跟鞋上楼的声音，接着一股很诱惑官能的香气窜进鼻孔。可惜那女人一上楼就转了个身子，给我一个穿着职业装的背影。她敲了敲马培生的办公室，没人应声，过了一会儿便又敲。

　　"马总不在吧。"我不知道为什么说了一声。

　　"哦。"她转过身，我只能看见她的半张脸。

"他什么时候回来？"她问。

"不知道。"我耸耸肩，尽量保持心平气和，转过身要走。一般情况下，我见到女人是不怵的，但这个小娘子，只半张脸就让我心神荡漾了。白皙的脸颊，一丝不苟的发髻，远远地站在那里，客气得体地和我说了那么一句话。此前我虽然阅女无数，但大多是像苏小玉那样的、喜欢古惑仔的小草鸡，这种类型实在接触太少。我匆匆逃下楼，途中正好遇上上楼的马培生。他没理会我，把我当成了路人甲一样甩在路边。

"马总。"那女子站在楼梯口稍微弯了一腰，客气地笑了笑。

"你怎么来了？"马培生迟疑了一下，就迎了上去。这是我听见的他们最后一句的对话，因为我很快就投身到大厅里去了。

一连几天，我们又恢复了以前的那段时光，打机做笔记分析。但这毕竟是一段很短的时光，没什么结果。某天我和方在咖啡厅聊了聊，开始聊了会儿女人。这几天方精神不振，我建议他找个妞，但被他拒绝了。然后我们又扯了会儿机器，但没扯出什么来。我们的争论集中在该从动物还是颜色的种类着手，扯来扯去，谁也没能说服谁。

"还分析个毛啊。"我支在桌子上，突然想到说，"你有没有想过，一旦我们按照马培生的意思，闹出了大动静，你以为我们以后还能在各个场子打机么？"

"什么意思？"方想了想。

"笨蛋，到时候哪个场子不会认识我们啊，我们一去，人家估计都不会让我们玩。"

"的确是这样，这点我早就知道啊。"

我疑惑地看着他。

"难道你想一辈子都靠这个活么？"方把弄着桌上的方糖。

"没想过。"我坐了下来，仿佛被将了一军，方的问话让我茫然不知所措。"我只是想把我输掉的钱和青春统统找回来。"

"袁道，我已经准备去上学了。"方的言语里充满了歉歉。

"那你为什么还要弄这个机器？"我问他。

"我也不知道，我有点被这个吸引了，而且觉得只掌握一台机器是不够的，至于你说的那点，我也想过。武汉这么大，除非每个场子都是有通联的，否则怎么可能都认识我们？"

"万一是通联的呢？"我冷冷地问。

"那就随便玩玩吧。"

"玩玩？"

"说实话，在那坐一个下午，动动歪脑筋，出来的时候兜里全是钞票，一本万利，的确让人很爽，但真的能靠这个支持一辈子么？"

"你个失忆狂，别这么感悟良多，好不好？"我勉强地笑了笑。

"我能记住让我印象深刻的东西。"

"比如第一次赢钱的感觉？"

"是的。"方说完就闭嘴了，他很少像今天这样敞开心门。之前我认为他不过是个失忆狂、处男、寡欲者、数学家，但此刻我看过去，在20岁上下的年纪，他的脸依旧稚嫩，内心却也有冲动和欲望。

十天后，差不多接近办事的时间了。我们连续打了十天的机，十分疲倦，但依旧抱着些许的希望。姓马的是不会为我们考虑的，他叫来了我和方。我们依旧未让苏小玉参与，因为这件事究竟会发展成什么样，谁也不会知晓。

按照姓马的安排，我和方轻车熟路就来到了大满贯。比我之前来的时候，热闹了很多，排场完全像是一家百年老店，只是崭新的机器和椅子出卖了它的年龄。我们找到了那台我们可以掌控的机器。果然，一是由于可玩的机器种类过多，二是水果机面目陈旧，人们大多对它失去了兴趣。只有一群中学生，穿着校服，戴着眼镜，背着书包，趴在那台水果机上，全情投入的劲儿一点也不输给我们。学生们大多没什么钱，赢上几块钱能让他们开心很长的时间。不一会儿，他们就散去了。我们试着跑了两把，发现这台机器正处在吃分阶段，想在这个时候赢钱是绝对不可能的。我们等了一会儿，依旧没什么人上前玩，只得铩羽而归。

我向马培生汇报了情况，既然他不在乎什么钱，我请他拿钱使唤几个小弟玩命地"预热"那台机器，也就是给那机器送分，等到差不多饱和的程度我们再出马。

第二天，马培生的几个小喽啰很开心但不露声色地在那玩着，这帮人技术很烂，有一个哥们儿自以为很有技巧地在抓铃铛和橙子，还有哥们儿每把都押满，手法相当粗暴，上去就是一顿狂按，让堂倌都有些心惊肉跳。他们有的赢上那么一些，但大部分的都输了。

好几个小时后，他们已经在上面挥霍了好几千块，加上这一天别人玩的，机器连出了好几把大的，这就是机器爆机吐分的征兆。我做了个暗示，几个喽啰装着很晦气地下机了。只留下一个很黑、染着比金毛彬还夸张的黄毛跟着我们。我和方坐上机器，按照我们所谓的纯技术玩法，完全不给机器情面，每把必压满三元，因为机器吐分的时间并不会太长。

也就是说每把要进去二百多分。这样二百多分地连抓下去，我们相信一定会中，一旦中的，分数马上会爆到接近二千分。让我们意外的是，这台机器的吐分率很高，大概这也是这个场子人气旺的原因，居然让我们抓中了好几把，每中一次我们就会让堂倌退分。这个时候，那个金毛小黑鬼就派上用场了。

"我靠，牛逼啊！"他的声线很怪，跟太监一样捏着假嗓子。

堂倌走过来，战战兢兢地给我们算钱。

"太牛了！退分。"

"牛大了！退分。"

堂倌很恐惧地被这厮呼来唤去。在他强大的声线下，有很多人围过来看我们打机。这帮人有惊奇的、赞叹的、妒嫉的、恨恨的，站在我们后面七嘴八舌。

短短半个小时，前后算起来，我和方积累了一千多的资金。

"够本了，咱们撤啦！"这金毛小黑鬼居然还善于察颜观色，难怪被安排做这么重要的岗位。他绝对不是浪得虚名的角色。他喧闹着像一面锣，有了他就有了千军万马前呼后拥的气势。

"马培生的手段真狠啊。"在车上的时候我说。

"我也没料到会这么夸张。"方眉头紧蹙，有些后悔地说。

等到回到小区，和苏小玉一阵温存，吃过晚饭，我们又不得不去马培生那里和他一阵寒暄。他认为阵势还不够大，起码要弄个三天。抢劫我们钱的人已经安排好了，会在之前跟我们见个面，甚至要演习一下，把该下的功夫下足了。

第二天情形照旧，没什么改观，这个小黑鬼俨然成了我们的最佳拍档，带着浓重的戏剧表演色彩，声音愈发婉转、勾魂，成了一道很亢奋的风景线。没什么好说的，这天在众目睽睽之下，我们又带着一千多块出了门，照样在出门后就甩了那小子。

今天我们没打车，走了两步，我突然在街边店铺的玻璃橱窗附近停了下来。

"怎么了？"方也停了下来。

"有人跟踪我们。"我说。

"哪？"

"别动。"我制止了正在四处张望的方。橱窗里挂着一件黑色的T恤，因此反光的效果很好。

"那儿，那个穿白色衣服的。"

"靠在自行车旁边那个？"

"对的。我们分开走，在小区会合，跑！"在我的唠叨声中，方一溜小跑，干净利落地消失了。

为了掩护他，我慢吞吞地走着，白上衣本来准备追方的，但看见我没跑，就跟在了我后面。现代化的好处就是，走到哪都不缺一面镜子。我决定逗逗这个小哥。我走得更慢了，如果你见过乌龟什么的话，就会明白我的意思。连身边的老太太都路过我，都鄙视我。我生怕我这样慢下去，等走到小区就真的进化成类爬行动物了。

但我动的时候也绝对不含糊。动如脱兔不过是形容我的姿态，电光火石才能描绘我的速度。跑了几十米，我发现这哥们儿居然跟上了我的节奏。于是我又慢下来，他只好也慢下来。我再快，他复快。这样一而再再而三，那哥们儿被我折腾疯了，过了三个街角，我就把他给甩了。

晚上我把这事准备跟姓马的汇报，他却不知道为什么急匆匆地上了他的乌龟小轿车，一辆大概是走私的本田，扬尘而去。我们只得继续做我们的事，打宠物世界。

第三天我们去玩的时候，已经是那里的小名人。姓马的喽啰在之前就已经入场。很少有人知道他们才是重要的角色，没有他们当炮灰，我们干什么都是白扯。经过两天的穷追猛打，那台机器已经变得十分火热，那些喽啰根本没费什么劲，就连我们押的时候也有人跟着我们凑热闹。

玩了一会儿，我点上烟站起来，向周围几个玩家也上了几支。在人群中，我突然看到一个熟悉的身影，那个人站在柜台那里，堂倌伸手向我们这边指指点点。他颔首，看着我笑。

刘唐。上回在号子里之后，这是第一次见到他。他没什么变化，好像和这里的伙计很熟。我有些不爽，过了一会儿，我的余光瞄见有个胖子加入其中，堂倌和刘唐对他都很尊敬，大概是老板吧。

"退分退分。"这回是几个跟着方一起玩的玩家嚷嚷的，他们大概很少赢，显得很激动。方安静地坐在那儿，他的手艺从未让人失望过。

堂倌面露难色地看了一眼旁边的胖子。那胖子抽着雪茄，轻蔑地看看我，然后摆摆头，示意堂倌把钱分给大家。账很容易就算清楚了，几个玩家很高兴，拍拍方的肩膀。我拉拉他的胳膊。

"走啦，有熟人。"我说。

他也看见了刘唐。我们两个没有睬任何小喽啰，准备悄无声息地闪人。

"很风光嘛。"没走出多远，几个喽啰做了鸟兽散，身后却传来一个熟悉的声音。

我转过身，面对刘唐，说："比你强那么一点点。"

"真没想到，烂泥也有上墙的一天。"他嘿嘿地干笑。

"拜你所赐嘛。"我很客气地回敬他。

"我们走吧。"方看了看他说。

"不过怕是神奇不了几天。"他在我们身后叫嚣着。

"跟他的账迟早要算的。"我一边走，一边很装逼地跟方扯。

21

后来我才知道，刘唐的警告并非没有道理。他因为上回的事，在学校也没捞到好处，加上他和胡云云之间的关系曝光，就被学校开除了。之后他做起了大满贯场子里的技师，我去的前两天他不在，否则我早就被他认出来了。

事情到了山雨欲来风满楼的地步了，我迫不及待地希望这件事能迅速解决。我去见马培生，但他不在，接待我的是金毛彬。他熟络地交待了马培生的意图，时间定在明天，还把那些假扮在大满贯打我的小弟也做了介绍，让我们熟个脸。这些人我一个也没见过，都是生面孔，凶神恶煞，像是都有案底的样子。我像办公室秘书一样挨个叫大哥，挨个上烟，让他们明天不要搞得太过火。我还交代要弄就弄我一个人，让方先走，他是个心灵身体都很脆弱的人。那些哥们儿含糊地答应着我，不时用眼角的余光不怀好意地瞟我。

"为什么要我先走？"方不解地问。

"大场面，怕吓着你。"方点点头，不再理会我。

当晚苏小玉居然来了例假，让我心急火燎，并声泪俱下地诉说，我可能就回不来了。苏小玉知道里面的套路，一个人捂着肚子不理会我。但第二天走的时候还是交代我要小心，那德行跟我妈一样，还虚情假意地要我带她去。

"大场面，大场面。"我敷衍她。

"去你妈的。"苏小玉砰的一声把我踢了出去。

我在楼梯道拿出早就藏在那的护腿，还用铁片做了一个护住肚子。我怕出意外，还是小心为好。这就让我不得不穿上黑色的衣服，把一切都掩饰好，这样我走在路上的模样就很怪。众所周知，如果在大夏天穿上那么一身黑的话，再配个墨镜，就是个二手蝙蝠侠了。

一进去就被昨天搭着空和我们玩的一些伙计盯上了，但今天隐然有些不对。那台机器被熄了火，身边的机器都闪着灯，没完没了地唱着电子乐，很欢快的样子。

"怎么回事啊？"一见到我们来了，一个穿小背心的喽啰就开始起哄。

"是啊是啊。"别的人跟着热闹起来，"这台机器怎么不能玩了？"

场子里很喧闹，玩别的机器的人看了看这边，便又兀自打理自己的游戏。我和方没有跟着人起哄，则是安静地站在一边，作为一个今天可能要挨打的人，心情总是很忐忑的。

"这台机器坏了，等修好了就能玩了。"堂倌迅速地跑过来，客气地对大家说。

"怎么坏了啊，昨天不还好好的么？"背心喽啰带头说。

"对啊对啊。"

"刚坏的，这里还有其他的机器，你们随便玩啊。"堂倌依旧苦口婆心地说着。

背心喽啰旁边穿衬衣的喽啰好像对机器有所了解。他看了看，突然跑过去把墙上一个掉线的插头插上，又熟练地扳了下机器后面的开关。闪灯，出声，机器复活啦。

"这不好好的么？"衬衣喽啰欢快地说。

堂倌的脸色很难看，瞬间就青了。后来领班过来了，他看了看我和方，又看了看那台死而复活的机器，说："让他们玩。"

人们长出一口气，相互而视，便就围了上去，盯着那台机器往他妈的死里打。

"你咋啦？"方看我的姿态不太正常。

"没什么，铁板啊塑料板啊贴着我肌肤，切割摩擦，搞得我很不痛快。"接着我小声地说，"等会我会踹机器，你趁乱躲从后门溜出去。"

他点了点头。我们开始玩了起来，由于心情浮躁，我们并没有捕捉到关键时刻。我心里一直在盘算着等会儿的事情，按照安排，我们要完钱就直接往外走，走到店子外面数十米开外是一条长街，人烟并不是很多，只有三两小贩做着烟酒的营生。那时候，埋伏在店外的小弟会化装成路人甲乙丙丁一哄而上，群殴之。当然下手会很轻，同时店里的喽啰们会高呼"打人啦"，不久，便会围绕一大群看客。他们会边打边喊，要我们把赢的钱吐出来，还会推搡周围的看客，嘴里嘟哝着"这就是在大满贯不懂规矩的下场"。整个过程中，我和方只能抱着头，让人把钱掏空，再被踢踹走。

机器上有八百多分，其实也就八十多块，但今天的状态不是很好，我给方使了个眼色，然后我猛地在机器上踹了一脚。这一脚真没用什么力，但却踹得机器哐哐直响，连我身后的喽啰都吓了一跳。人们的目光都聚了过来，三两堂倌更是凑了过来，唯一让人感觉安慰的是方，他悄无声息地淡出人们的视线。他做得很好，亲切自然，不蹑手蹑脚，也不冠冕堂皇，就是那样退后两步，挤出关注我的喽啰，转过身走向后门。

"怎么回事？"为首的堂倌很嚣张地问。

"这机器有问题。"我不耐烦地说，他们可以作证。

堂倌转向我身旁的小喽啰，但他们却一脸的茫然。

"老子不玩了，退分吧。"我说。

他们检查了一下机器看没什么问题，为首的才说："妈的，你再端个试试看？"

"不没什么事吗？好了，分老子也不要了，就算这一脚的钱。"说完我就要走。

"你站住！"堂倌断喝一声，猛地走上前来揪住我的衣领。

若不是我全身缠着物什，以我白驹过隙般的身手，哪能被他这么容易制住。

"你干什么？"我伸手去扯他的胳膊。

我身后的喽啰跟着我起哄了，我感到有人推搡了我一下，力气不小，我踉跄一步，以泰山压顶之势差点压在那小厮身上。那小厮反应迅速，伸出两手一推，我又后退一步，像个陀螺，撞在一张高脚凳上，身上的铁器哗哗直响。

"这是什么？"我身侧的堂倌弯下腰，从地上拾起一件东西。

我以为是我身上防身所用，但还是忍不住多看了一眼，却见那物，长方形，不过数寸大小，通体漆黑，上面有白色按钮，大概是一个类似遥控器的东西。

"是偷分用的钩子！"堂倌握在手中，突然惊呼起来。

那时候，钩子这个词对我相当陌生，很久之后我才知道大概是个作弊用的东西，是从港澳台地区传进来的。只要一按按钮，面板上的分数就会发疯似的涨，历来被视为赌博机场地的禁物，一经发现，

142

轻则遭到暴打，重则甚至要留下一只手。

当然那都是很多年以后的事情了，那个时候只有懂行的人才知道这种玩意。

"我没有。"我辩解着挣脱。

"我亲眼看到从你身上掉下来的。"堂倌拿着那玩意口口声声地说着，将那黑盒子对准了机器的投币口，分数果然蹭蹭地上来了。

"我没有，他们都可以作证。"我指指身后的喽啰。

"我们没看见啊。"这些王八糕子居然众口一词地说。

"我靠，居然是老千。"

"我还以为他真的很厉害呢。"

"骗子！"

"揍他！"

好多人聚拢过来看热闹，他们像鸭子一样伸着脖子作壁上观。我的整个身形被堂倌控制住，再也不能身轻如燕了。脑袋里开始闪回刚才的画面——都说人死的时候才会这样。当时闹哄哄的，有人在后面推我，我早就应该注意到口袋处突然那么沉了一下，那分明是有重物溜过指缝，滑进了我的口袋。

刚刚还在身后簇拥我的那帮小喽啰，现在像划清界限一般站在我身后不远的地方。我扭过头，就能触到他们冰冷的目光。

这他妈到底是怎么回事？我暴怒而起，将堂倌拉我的手硬生生地扯开，然后撇开众人，大有万军中而过的气势。堂倌被我推倒在地，马上爬起来追我。

"来人啊。"他边追边叫。

咫尺之遥的大门仿佛遥不可及，总的来说人生一贯如此。现在我只能指望能以最快的速度冲到大门口，期间人挡杀人，佛挡杀佛。

凳子都被我踢飞了几把。按照安排，一旦我出现在大门口，马上会有姓马的人过来，落在他们的手中，比现在总好得多。但大厅里那些喽啰什么动静也没有，到底是被人收买陷害我，还是一开始的打算就是如此？不管怎么样，我总得冲出这个地方。

但那一脚的迅猛，以及发力的准确还是让我始料未及。我说的是我刚冲出门口那会儿，甫一站定，那一脚挟风持雷，从我的右侧面直端而来。那时候我正在看左面，方的背影刚刚隐在人群中，他转过身，看见了我，但他在我眼里却一掠而过。那一脚端在我的胳膊上，我凌空而起，像是一只被装上膛的蟑螂，重重地摔在门口水磨石地面上。

我整个胸腔一闷，好像陷落在火热的地狱，骨头像是断成了一截截，随时都可以把胳膊大腿肋骨拆卸下来。在之前的安排中，绝对没有如此狠辣的出手。我勉强支起身，想要转过身看清楚端我的人。

"妈的，叫你出千。"那人一脚踏在我的身上。我用余光看了看，不认识他。接着上来用脚端我的四个人我也不认识，他们不是姓马的喽啰。从来都没有姓马的喽啰，我被算计了！我抱着头，缩成一团。透过他们腿的缝隙，看见围观的人群正在观赏着我这条落水狗。我隐约看见方想冲过来帮我，我伸出一只手，脸上立刻被端了一脚。我顾不上，对着他的方向作了三个手势，1，1，0。

我希望他看见了，接着我又紧抱着身体。

十分钟之后，警察真的来了。他们整整蹂躏了我五分钟多。我遍体鳞伤地躺在门口，方把我扶起来。据我所知，警并非他报的，有好心人在我一被打的时候就报了警，这让我对世界还抱有一丝的希望。带着这丝希望，我很快昏死了过去。

22

我醒来的时候，世界是黑色的。

我看见苏小玉趴在我的床边睡着了，就像几个月前我守在她身边一样。我浑身剧痛，但我不想吵醒她，她一定很累了，一定在我昏迷的时候呼唤过我的名字。我用手指碰碰她的头发，如以前一样在虚空中勾勒她的脸庞。她熟睡着，我勾勒着。动静相宜，仿佛一幅画。房间里只有微弱的光，和冷气的声音。世界安定，我在黑暗中思考，思考这一切到底是哪里出了问题。

后来我才明白，以我当时的年纪和修为，有些人我终究是不能战胜的，比如马培生。一开始他的本意的确如此，但是在办事之前我并没有见到他，并不知道在我的第一人称叙述下，还有一些别的事情发生。在那短短的三天，有什么东西促成了马培生和大满贯那个胖子坐在一起。他们谈笑风生，相见恨晚，最后形成了攻守同盟。当马培生决定停止计划的时候，一个更为阴鸷的主意在脑海里诞生了。他们按照原来的安排消遣我，最后却找人在我的怀里塞上一个作弊器。他们把传奇、把技术派统统踩在脚下。他们毁灭它，揉碎它，再塑造它，最后使它成了一场普通的骗局。他们唾弃它，鄙视它，恶心它。而那个时候，马培生和那个胖子只是坐在豪华车里，抽着雪茄，看着像摊烂泥的我，感到说不出的痛快。

最讽刺的是，告诉我这一切的竟然是刘唐。我醒后十几个小时他来了。苏小玉和方去给我做中午饭了。我身上缠着绷带，敷着云南白药煞有介事地躺着。

"不要惊讶，我看着你被打，看着你被送进医院，我一直在盯着你。"他劈头盖脸地嘟哝着，把所有的一切都合盘托出。

"你不是那胖子的人么？"我冷冷地问，"为什么要告诉我这些？"

"我只是拿他的工钱帮他弄弄机器。"刘唐这次来，不知道为什么，变得像个文质彬彬的谦谦君子，仿佛之前我们什么都没有发生过。

"可我们之间可不是拿拿工钱弄弄机器的关系。"我继续冷若冰霜。

"你说得对，我们之间有很多关系。"他笑了笑，

"然后呢？"

"我知道你们在干什么。"

"所以呢？"

"你们在干我以前玩的东西，不过……"

"我们比你干得好。"

"你说得对。"他站起来，手叉在荷包里看着窗外，"而且我知道你们盯上了时下最流行的那一款。"

"你这个人就是废话太多。"

"巧合的是，"他没有理会我，"我也盯上了那一款。"

"我以为你只是老师。"

"那是我很多职业中的一种，"他转过身，看着我，"我们的

目的是相同的，不如……"他欲言又止。

"不如我拒绝你，就像你拒绝我一样。"

"其实我这次来，是想介绍个人给你认识，我不知道等你见到他之后，要怎么拒绝我？"

"谁？"我警觉起来。

"我啊。"楚项东总是喜欢突然出现，把老子吓了一跳。

"我认识你。"我眯着眼说。

"我也认识你。"

"那又怎么样？"

"我可以把苏小玉让给你。"他走进距我一尺的范围，随时可能袭击我。

"我不需要你让给我。"我吐了一口气说，"因为她从来就不是你的。"

楚项东向前一步，紧紧扼住我的脸说："我从来就没见过嘴巴像你这么硬的人。"

"东哥。"刘唐把他的手拉开。

"你抢了我的女人，总要付出些代价的。"楚项东盯着我。

直到很久之后，苏小玉和我才会明白楚项东这个人，他看起来有威力、霸气，有义气，但这终究只是个皮囊，在这张皮囊之下是包藏祸心。他自私，他声称一直惦记着苏小玉，在自己不得不亡命天涯的人生里，妄图用一些方式、些许的金钱、某人的监视，达到长期霸占苏小玉的目的。如果这是爱的话，那真的是一个很冷的笑话。早在过年的时候，由于他的出现，导致我没能和苏小玉道别。但那次并非苏小玉一开始所说的那么简单。苏小玉是个决绝的姑娘，这是让人喜欢她的原因。如果她心里住着一个人，就再也无法容纳另一个人。原来那个时候，我就住在了她的心里。她向楚项东摊牌，让他不要再纠缠她。他恳求她，但终究因为自己的过气，不得不放弃他不该拥有的东西。尽管他跪了下来，尽管他揍了苏小玉，尽管苏小玉的嘴角都流着血，但她说，做就做了，玩就玩了，他们结束了。那之后楚项东就走了，这期间的经历无从考证，但就现在居然拿一个不属于他的东西做筹码的德行来看，他混得真的很惨。但这个时候，我还不知道这些事情。

"我明白了，你想拿苏小玉作为我们的合作的条件。"

"是的。"刘唐点点头，"否则会发生什么事就很难说了。"

我没说话。

"再说，出了这样的事情，我不知道，凭你们自己，以后怎么在这里打机。"刘唐不忘记提醒我。

"我答应你。"我侧过头，不愿意再看他们。

他们悄无声息地走了。

"你怎么了？"苏小玉进来的时候，拧着骨头汤的保温桶。方站在她的后面，仿佛还带着一些对我的歉意。

"没什么。"我强颜欢笑地说。

等到苏小玉找医生给我换药的时候，我看了看方，说："方，昨天的事不要记下来。"

"嗯？"方疑惑。

"不要记下我被打。"我笑了笑，"但你要帮我记着这笔仇恨，我发誓，我以我们的友谊发誓，这个仇我一定要报。"

"有什么计划？"方坐下来，很认真地问。

有时候停下来我也会想，打机到底是个什么东西呢？一个职业？一个爱好？还是，其实我们都是变态？或者，什么他妈的都不是。包括刘唐，我们最后选择这个，到底是为了什么呢？只能解释我们也许都是一种人，一种为了能以我们自以为的投机取巧的方式生活的人。

刘唐说得没错，我和方根本别想在武汉打机。那时候我们才知道，原来行会这种古老的东西是存在的。我们以老千的身份被很多游艺厅记住，他们有我们的照片。一经出现就会赶走我们，在我们什么都没做之前。这几乎断了我们的生存之道，积蓄只有那么一些，生活又开始举步维艰了。

而我们的预测是对的，在那之后，我们所熟悉玩法的玛丽水果机，慢慢退出了舞台。而宠物世界那种连线机，以高效率高回报，迅速流行起来。所到之处，摧枯拉朽似的受欢迎。

但无所谓，反正我们还年轻。

我知道刘唐所以能独步打机圈，手段并非像他的人品那样让人不齿。和他的接触都是背着苏小玉进行的，她蒙在鼓里，而我们也没有见到楚项东这个人。他似乎像个幽灵，只在恐吓我的时候出现。我们得承认从他那里学到些东西。关于打机，一直有两种观点，像我们那种寻找Bug和规律的原来并不是主流，或者说我们只是运气好。安身立命之本的，只有打法。用正确的打法去适应机器的规律，而不是战胜规律。漏洞始终是存在的。有这样的观点，厂家会故意留下漏洞，让商家适时地更换机器，攫取更大的利润。但实际情况是，机器从来都很残酷，让人一本万利的程序漏洞是很稀有的，而且是很难寻觅的，但也没有完美的程序，在不知道源程序的情况下，你摸索、实践，加上自己的智力和知识，就会解决一些问题。

刘唐有一帮人，一直在从事着这个看起来很假的事业。新兴连线机的出现，让他们一筹莫展。他早就盯上了连线机这个机型，也盯上了我和方，他对我们奇怪的打法进行了一阵研究后，觉得方就是他要的人，但鉴于方和我的形影不离，他最后选择说服我。

而刘唐早有计划，他进入大满贯做技师并非心血来潮，他所图的只是机房里监视器的录像。监视设备是每个游艺厅都有的东西，在一间小小的屋子便可纵览全局。刘唐拷贝对准宠物世界那台机器的带子，用一个晚上转录下来，再放回去，根本没有人会发现。他深谙此道，用极少的代价让我和方坐在录像机前就能完成收集数据。这真是天衣无缝。

但在这样的情况下，我和苏小玉的接触机会就少了，而且还没了经济的来源。房租现在还不用担心，我付了一个季度的。她居然外出找了个工作，但不过是在商场里当小营业员，卖卖衣服。她变得鸡婆，老是跟我抱怨，但我很少理会。那一天，我打开房门，疲倦地倒在沙发上，因为我帮方抄了一天的东西，没有停歇，苏小玉系着围裙走了出来，我已准备好迎接她的叨三唠四。但她只走过来，安静地坐在了我的旁边，靠在我的身上。

“怎么了？”我发觉她有一些不对劲。

“我今天见到他了。”她的眼圈红了。

“怎么样？”我问。

“你说一个人怎么会变得那么快。”她仿佛有些不解。

我长出了一口气，看来楚项东没有把事情告诉她。“或者他本来就是那样的人，只是你以前不知道而已。”我安慰他说。

“袁道，”她抱住我说，“我们不要分开好么？”

“好的呀。”我搂住她，突然来了股干劲，不说废话，直接把她按在沙发上做起事来。

"哎呀，菜糊了。"苏小玉娇喘着推开我，顶着被我扯烂的衣服，袒胸露乳地冲进厨房。

7月中旬，天气热得不像话，人只要在地上走那么一圈，就会浑身大汗淋漓。刘唐的地方没有空调，那个时候，租的房子还是很多不带完全装备的，况且空调还是个稀罕的玩意儿。

"有眉目么？"刘唐提着两个盒饭走了进来，一般情况下这个房间只有我们三个人。刘唐手下还有一拨人，但从事的是别个机器的研究。方打开盒饭，吃了两口，点了点头。

"真的？"刘唐喜出望外。

方朝我示意了一下。我把早就准备好的录像片段打开。是一段无聊的录像，里面有一个大玩家，他坐在那大约有两个多小时，总共垫进去三万多分，大约三千多块。

"我看了这么久的录像，所要考虑的东西是，机器按照分类有两类。"方打开笔记本，几乎是照本宣科地念着。

"没错，要么是动物，要么是颜色。"刘唐有些不耐烦，"这个我早就知道。"

"那么你觉得，从哪方面下手比较好呢？"我看了他一眼。

"我想过这个问题，最好的情况是两方面综合考虑。"

"那太复杂了，这个机器的运算本来就很复杂，有很多伪装吐分的循环。"一说起技术方面的东西，方就开始滔滔不绝。

方示意我把画面定格，机器上有三盏灯，当每轮开始的时候，第一盏亮起来的灯，我记录它下一把会跑的概率。

方拿过笔记本，展示给刘唐。刘唐接过去认真地看起来，我也把录像放了出来。录像上第一盏灯是红色，最后停在了恐龙的上面。

"不错啊。"刘唐不愧为懂行的人，很快看出了门道，"也就是说，如果是红色，跑恐龙和青蛙的概率会很高？"

　　"这只是个简单的统计，目前来看是这样。"

　　"就这些吗？"刘唐欲求不满，"进度很慢啊。"

　　"那拨人呢？"我问他。

　　"也差不多吧，只弄了个统计学的东西出来。"刘唐说着，"你们继续，我走了。"

　　我看着他的背影，等到完全消失之后，忍不住笑了起来。

　　"你笑什么？"方很奇怪地问我。

　　"你装得可真像。"我说。

　　"事实的确是这样的。"方无奈地说。

　　"好了，把正经的告诉我吧。"

　　"从一开始你就没打算跟他玩真的，对吗？"

　　"是的，"我严肃起来，"刘唐和姓马的都不是好东西。"

　　"可是你不怕他对苏小玉不利么？"方问。

　　"怕，所以我另有计划。"

　　"什么计划？"

　　"你有没有想过，利用你这个悠闲的暑假，去体会一下我们国家的大好河山？"

　　"你是要带她走么？"

　　"不是，我只是为我们安排了一个更大的计划，而这个计划的关键，就是要利用刘唐提供的这些条件来做些事情。你知不知道，楚项东对苏小玉并没有死心。"

　　"是么？"

　　"昨天下午我去接苏小玉，在商场门口，看到楚项东拉着苏小玉，扯了半天，说了一会儿话，不欢而散了。所以我决定走，刘唐低估我了，我要带她去他们找不到的地方，转一圈再回来。好了，现在，告诉我你真正的成果吧。"

"如你所愿，我弄了一个好东西，这是我这段时间的经验，其实很简单，有初级数学知识的人都会，但按这个套路，成长会很慢，但不至于亏本。"

"那就行，我们没有多少时间了。"

"只是一个均压法，"方从怀里掏出一页纸，"按照赔率押上几百分，保证收益会大于所押分值的一个方法。"

"我靠，不会吧。"我看了看上面的算式，"那不是稳赚？"

"也不是，只有押分值小的青蛙和乌龟才行，我注意到青蛙和乌龟的概率很大。"

"那你给刘唐的东西呢？"

"那也是个方法，不过现在还没有深入研究，而且我给他的，里面的数据修改过了，他暂时应该发现不了。"

"不对啊，这样挣钱，打一天才能弄上几百块吧。"我认真看了看上面的东西。

"对啊，我也为此苦恼呢。"

"再研究研究吧，我们上回弄那个可用了小半年呢。"

"那个是没经验，而且这个机器跟那个还真不一样。"方说着又坐了下去，像个机器人一样，开始没完没了地看录像。

第二天，我们坐了很远的车，来到郊区的一家应该对我和方这样的两人组没有防范的游艺厅去试验了一会儿。那里的机器是崭新的，有个穿得很土的大哥坐在上面，很有内涵地玩。我和方过去，按照方给的数据，玩了起来。他的方法的重点就是押青蛙和乌龟，每把押到几十块，的确如他所说，一中就会涨大约十块，而且因为那个大哥喜欢抓恐龙和皮卡丘这种赔率大的货色，导致跑青蛙和乌龟的盘数多了不少。大哥很郁闷地盯着我和方，对我们雷打不动的押法很无奈。其实我们也赚不了多少，四个多小时，也就拿下了三百多块。

"如果机器更黑点，我们不就完啦？"回去的路上，我问方。

"是啊，但机器始终不会老跑大的，因为一旦有人抓，就会出大事。"

"要是每天都有像那个哥们儿的人在，我们就好玩多了。"我戏谑道。

"但郊区并不是能常去的地方，来回就要四个小时，对于我们来说，太过于奢侈。"

　　这是在7月28日去往X市的火车上，方呼呼地在卧铺上睡着了，苏小玉歪斜着靠在我身上，我偷偷地从方的包里翻出他的笔记本，想窥视一下这个变态的内心世界。

　　方的字很小，而且有很多类似"袁　苏　男女朋友"、"经典数据：4 4 7 8 11 23 11 7 4 7 17 11 12 25 40 4……"之类的片段，相互之间绝无联系和头绪，而关于7月27日的事情，却是少有连贯的篇章。

　　以下摘自方的日志。

7月27日　阴

　　到此，我相信了，有些人就是为某种事而设的。

　　对于混沌，我略知一二而已，一切建立在我发现Z字打法后。

　　此前，袁曾经做过很多准备，就如混沌中的蝴蝶效应，连续的细节处理，最后导致必然的结果。其实也是，生活无处不混沌。我几乎快被袁同化，也开始用这些总结性的用语。

　　我相信袁对我无坏心，而自从认识他后，我对这段时间的事，印象深刻。有些事务不必如以前，要依靠笔记。

　　但今天的事，要详细记下来，趁我还记得。

8点，我们知会刘，告诉他，我们拥有了一个对于宠物的不错的打法，便是Z，让他找人手配合我们。

而事实上，在27日之前两天，我们已经单独对我提到的Z字法，进行了练习，还为我们带来了3万多的收入。这很惊人，其中包括了那个姓马的场子。除了大满贯，我们用了两天的时间，横扫所有的游艺场。

这段我也记下来。

袁说，我们被很多场子认识，但那是因为我们没有装扮。说到装扮，苏不错的。她在一个商场工作，之后，她辞了。她找来了七八顶假发，和向同事借来的衣服。一些不适合我这个年龄的，幼齿的，年龄大些的。她先把我打扮成了一个戴眼镜，梳七分头的。在镜子里，我都不认识自己了。袁也带了个很壮的人来，据说是花了1500块，从体院请来的打手？保镖？还是司机？袁还租了一辆桑塔纳，这是为了防备我们赢的钱被抢去，这个事情我和袁曾经见过也经历过。

连苏也出动，这是我未料的。

但她不打，只作为接应。用Z字打法，在最高峰的时候，整个市区我们可去的有15家场子，不包括马的和满贯。

第一天，一直到夜里十一点多，我们去了十个场子，大概平均一个小时。Z字打法的好处，就是可以在好的情况下，得到很多利润。有的场，赶得巧，只用半个小时就能弄到一千五百多块。这由我和方来完成，而苏躲在厕所附近，袁会在出门前把钱转到她的手里，免得出去被人抢回。我们遇到过两次，觉得我们是老千，要抢回钱的。但因为那个司机，他打架好，又能开车，我们跑了。我们在车上进行装扮，换衣服和头发，去下一家。

第二天艰难了些。因为大概按照袁的说法，他们有了通联，有一家发现了我们，赶我们出去。还有一家，袁觉得形势紧张而停止了运行。在去马的场子之前，我们就有了近两万块。这是苏告诉我的，她一出门就存钱，是张建行的卡。这是之前申请的，归功于我，因为总结了那些场子附近的银行，以建行居多。

那个很壮的人还是跟着我们，不说话。袁告诉我，他要报复，所以要在马的场子多赢，但依旧是每次钱积累超过一千块，便会交给接应的苏。我最担心的是马的那边会认出我们。但我戴了帽子，还贴了一个胡子，那个胡子做得很真。而袁穿着红背心和裤衩，穿拖鞋，都是很土的样子，不像他以前。而且他还戴墨镜。袁夸苏的装扮好，但我觉得，其实是没人会想到我们会为这些钱下这么大的本钱。

在马的场子弄得很顺利，前几次一千多就出去。在车里换了衣服和样子进去，前后有三次，后来袁怕人认出，因为有个伙计一直盯着我看。但他又不甘心，所以那次是赢了三千多才出去。我记得很清楚，因为苏出去了三次。前后六千多。这回那帮人不放过我们，他们很多人，但好在不认识我和方，那个很壮的人却走了。打手在街道后面的巷子搜我们的身，却没钱。刚要打我们，那个很壮的带了几个人来，他们打了起来。我们又跑了。

袁跟我说那人去找人了，因为要确保我们安全才能收钱，所以他很卖力。晚上我们请了那天所有帮忙的人吃了海鲜。六千多，袁告诉说，虽然对马培生不算什么，但他觉得很高兴。他高兴就好，我也高兴，我也替他上回挨打不值。他告诉过我马的阴谋。世界真黑暗。

我写27日的事，但却对之前两天说了很多。

袁还买过27日的火车票，要去X市。我和他出去旅行，这事和家里说过，但说去西藏。我父母担心我，袁还出了面，说会照顾我。我撒谎不脸红，这点很像袁了。

27日9点，距离火车始发时间还有三四个小时。今天那个很壮的人没来，我和袁的装扮也很简单。因为袁说，中午就要走，不用担心。袁说注意，特别找了个背靠摄像头的地方坐，因为说刘在里面监视，怕他看清了我和Z字法。他的确细心。机器上五个人，有三个是刘的人。

也就是说赢的钱是刘的，袁说要连刘一起报复。这得益于我们的事情还没规模地传开。前面提到，袁欺骗了刘，说我们只是做一个实验，但把握很大。刘的那三个人，我不认识他们，但袁说似曾相识。他们按照袁的吩咐出分很快，按照理论，他们一共投进去三万多分，而这些分并不是一起进去的。按照老规矩，我们会赢到一万分以上就退钱，袁继续把钱交给苏。由于说好，赢的钱是要还给刘的，所以他愿意继续投入。

期间，袁一直示意我在押分的时候，掩盖好关键的位置，免得被刘看到，被模仿。其实他不必担心，因为Z字法是不易学习的。但我依旧做得不错。在袁觉得差不多时，他退下最后的一笔钱，向大厅走去。我看见他假装不经意地和苏擦肩而过，而且满贯场子，已经有人在盯着他了，但不仔细。苏接过钱，把手中的一个黑袋子交给袁。

苏示意我也离开，由于刘和满贯的人都确定钱在袁的手上，所以轻易地放过我和苏走。

我们在不远的一个隐蔽地方等他。过了一个多小时，离开车还有半个小时，他出来了。和我们一起上了火车，前往X市的K28次列车。

以上就是我亲眼见证的经过。

我在去火车站的路上问袁，他是如何轻易脱身的。他告诉我，那是整个计划最重要的部分，他必须摆脱刘，而且要带着他的几千块钱离开。他拿过了苏的袋子，黑色，里面实际上装的是很多录像带，一大部分是刘做的满贯场子的录像拷贝，有一个则是在刘唐房间里录的一盘带子。这一点袁连我都欺骗了。在7月20日左右，袁曾经刻意支开过我，他告诉我，实际上他是在刘的房子里请人装了一个隐蔽的拍摄装置。第二天刘去的时候，只有我在场，袁不在。他刻意做了这些，只让录像里拍了我和刘的一些影像。他甚至给我安排了一些让刘说出他在满贯场子做事的目的的对话。比如他打算在满贯待多久，那拷贝录像不会被发现么，等等，总之是这样的一些细节。

袁拿着这些带子，走进了满贯老板办公室，他和盘托出整个事情。用袁的话说，没有比录像更有说服力的了。他摘下墨镜和帽子，满贯的老板其实早就认出他，但在他说明来意后并没有难为他。袁表示钱在他身上，而这些袋子则作为交换。满贯老板在看完后很愤怒，他找人抓住了机房的刘，至于怎么个处置，袁说他也不知道。但他脱身了，作为交易的一部分，他脱身了。

整个事情大概就是这个样子。

方不类我这般啰嗦。他简单地记录了整个事件的经过。但对于我人生最传奇最辉煌的整个过程，却只用了寥寥数千字就解决得一干二净，未免让人泄气，也遗漏一些小的细节。比如那个很壮的人，他叫丁宽，是我在体校物色好的人。我给了他二千块。为了那几天，我早就开始准备了，比如当我加入刘唐的组织之后，就开始谋划整个事件。比如，在满贯的场子，我进到老板的房间后，有四个彪形男子围住了我。若不是我手中的东西，我绝对无法完好地出来。整个过程紧凑、刺激、滴水不漏，不能有任何闪失。我现在仍然清晰地记得，我坐在机器前抽烟，看着分数往上涨的那种兴奋劲儿。记得从里面出来，钻上丁宽开的那辆桑塔纳时的喘息声。我发号施令，下一个，下一个。我们在地图上将一个又一个的地点打上叉。记得金蝉脱壳后，我站在火车上，回望着这座城市，喃喃地说再见，把所有的痛苦悲伤寂寞，通通抛在脑后。

据我所知，一直过了四天，游艺场行会之间的通联才发现事情的经过，但为时已晚，他们只能把怒气倾泻在依然在他们掌握之中的刘唐身上。我们远走高飞，但总有一天会回来，到时谁还会记得这个事呢。他们找不到我们，最后会忘记这件事。毕竟他们每人的损失，也就千元左右。而对我们，三万多块，足够支付长达一个多月的旅行花销。

24

　　1999年火车第五次提速，但依旧还是很慢。我们坐在窗边，静静地看着X市的容貌一点一滴地进入眼帘。它只是一个普通的二级城市，并非终点，也不是起点，我们只会像流水一样，轻轻地划过这个城市，不露声色。

　　方不知道，苏也不知道，真正的起点是在武汉的那间出租房。当我意识到武汉不再是容身之所，就想好了所有事情的经过。我们摊开地图，勾勒出我们前行的轨迹。以武汉市为起点，做下一个标记，X市就是我们的第二站，接下来是F市，U市……经过周密的计算，一个月内我们大约能经过13个城市，然后在9月初到达我们希望的澳门。那个时候，澳门还未回归，想要从内地过去的话需要在出入境管理局做很多烦琐的手续。但事实是，从未有真正的东西能够阻止一个赌客对于澳门的向往。在那里挥斥方遒，一掷千金，尽管我们可能也去不了，但如果能在珠江边远远眺望它的身影，就已然足够了。

　　按照计划，每到一个城市，我们会停留两到三天。除了游玩之外，还会在每个城市的赌博机业留下一些痕迹。

　　我们打机，但不贪婪，可能只需要蝇头小利便会离开，但也可能会狮口大开。这要随个人的心情而定，而心情这个东西，谁他妈能说得准呢?

"那你到底是为了打机还是为了旅游啊?"苏小玉听完我的计划,很不满地问。

"没个准吧。"我看看方,方不置可否。

经过武汉的教训,我们明白,在一个地方风头太久,总会被人知晓,被人干掉。为了避免这样的情况,我选择流动作业,没人会记住我们,没人会关注我们,像是水面上微粒的布朗运动,今天在这,明天就缥缈无踪了。事情大概就是这样子。我拿出圆珠笔,用红笔在地图上勾勒出一个位移,在我觉得值得经过的地方,打上一个大大的叉。从今天开始,它将指引我们前进。

"你觉得怎么样?"我把地图交给方,苏小玉则在一旁事不关己似的吃着泡面,稀哩呼噜的像个村妇。

方扫了一眼说:"不错,还都是风景名胜区呢。"

我点着头,看了一眼卧铺上各自为政的人们说:"这个计划我已经构思很久了。"

"说你老谋深算好还是什么呢?"苏小玉吃完东西,站在我身边说。

"是老谋深算。"方附和了苏小玉的意见。

"如果不是你那么快弄出Z字打法,这个计划也不会这么快就实施。不过我还在好奇,你究竟是怎么做的?"

"算起来是巧合么?"方问我,又像在问自己,"首先纠正我们之前的观点,破解是不可能的,我们能做的,只能是优化我们的打法。其实我早就注意到了,这款机器的循环原理是数学中的一个约数之和的解构方式,比如46倍皮卡丘那一列,46的公约数是1 2 23 46,这里就出现了23倍大恐龙,那么,把1加上2加上23,等于26,26

的公约数是1　2　13　26，这里就出现了13倍大青蛙，再把1+2+13，等于16，16的公约数是1　2　4　8　16，这里就出现了8倍乌龟。"方说了一大堆，眨眨眼，看着我，"懂了么？"

"差不多吧，这我也看出来了。不过和Z有什么关系？"

"如果我们继续把40倍和25倍那一列用公约数这个方法进行解构，然后通过我们记录的数据，输入计算机里——因为所需的数据太多，在纸张上无法看出规律和走势。"

"哦，你能说得再详细些吗？"

"混沌数学加上一些概率论，就可以完美地解释这一切。至于最后形成的Z字法，还记得我跟刘唐说的那个灯的事么？我也是偶然注意到有个好玩的东西，在连续的几盘录像上，集中的几局居然重复，可以解释为巧合，但并不那么简单。"

"我怎么没看出重复？"我气恼地问。

"那是因为你对数字不敏感嘛。我注意到几盘中，第一盏亮的灯和局面里有些灯的颜色是一样的，不管是红黄或者绿，总是一个颜色。而在这三种情况下，我找了几千局的录像看，居然有65%的可能落在第一列和第三列的宠物上，而其中有60%出了46倍的皮卡丘或4倍的乌龟，实际上是一个汉字"二"型的打法，但因为里面又有8%的可能跑出了17倍的恐龙，虽然概率不那么高，但宁缺勿滥，在中间再加上一条斜线，这就是所谓Z字打法。"

"但我们一般只押两到三个。"我想了想打机时的实际情况，"还有你刚才没说清楚是哪几盏灯，对我也有所保留么？"

"是的，"方继续解释，"其实三盏灯一样颜色的情况很少见，再加上机器吐分的问题，所以我建议随便押押，先看看趋势。只要出现这种情况，就可以出手。至于哪几盏灯是一个变量，并非定量，有些复杂，要参照前面的点位，还有灯的颜色，又分为几种情况……"

"唉算了，"我打断他，"这个你把握就行了，说得这么复杂，我估计搞不定。反正这段时间我不是一直看你的暗示行事么？就按这个套路没问题，而且即使知道了也没用，只会扰乱大家。"

方无奈地笑了笑，把刚准备打开的笔记本合上了。

我们找了个小宾馆住了下来，吃过饭，便按照苏小玉的意思陪她去X地的名胜看看。X地的名胜不过是一片破败的山头，修葺了几个人工建筑，煞有介事，实际上索然无味。整个过程，我像是行尸走肉，而方很配合，还会给苏讲解一些山头的典故。在哪在哪，年少的将军曾立马横刀，飒爽英姿。苏小玉听得津津有味的。

重头戏是在当天晚上，支开了方，苏小玉承认早就想和我在宾馆这种有氛围的地方共度春宵了，所以那天晚上她很野性，什么性感小野猫之类的词汇已显得空洞，而我的表现乏善可陈，因为我可耍的花样，苏小玉都已经见识过了。

"你说方会不会觉得闷哦？"一场激情过后，苏小玉就会找些话题。

"没事，他小处男嘛。"我点上烟，"不信你问他。"我拿起电话，拨了方房间的电话。

"嘟嘟，喂？"方的声音。

"苏小玉问你会不会觉得闷。"

"闷啊。"方诙谐地说，"你让她过来陪我好了。"

"去死！"苏小玉对着话筒叫着，"敢拿姐姐我开涮。"

没了一会儿，房间就安静下来，苏小玉呼呼睡着了。我拿起床头柜里的一本X市的大黄页看，偶然翻到一家电子厂，生产电板的。我立马想到明天的事情，碰碰运气出去看看，看看X市的业绩到底会怎么样。

我赤裸着身子走到窗边，拉开窗户。像是炮弹掀起的热浪，我打了一个冷战，把头探出窗外，想要俯瞰X市的夜景。

灯火辉煌，灯火辉煌，繁华就像梦一样让人迷醉。

我闻到了一股淡然的香味，有别于苏小玉平时喜欢的香水，有一股郁金香一样忧郁的香气。顺着香味的来处，我扭过头，看到了那个女人。她住在我的隔壁，头发很直，莫名地垂在脸际，不类苏小玉的那种松散，很紧凑很得体，但我还没看见她的脸。她侧着脸，露出洁白的胳膊，胸口有一抹简单的胸衣，她将头支在窗台上，手指间烟蒂上的轻烟袅袅而起。一霎那，一恍惚，仿若梦中人。

她很快发现了我，扭过头，我也只能看见她四分之三的脸颊，五官分明，很舒服的分布，尤其是眼睛，像一泓泉水。她不害羞也不惊讶，只是冲我浅浅地那么一笑，就把身子缩回去。我挠挠头，意淫了一会儿这个很有韵味的小娘子，就回去睡觉了。

人生总是会有很多没头脑的偶遇，作为人生的一部分，大可不必太为在意。

接下来在X市的遭遇不值得化费太多的笔墨，只是奠定了一个未来行动的基调。我们把苏小玉放单，去让她购物。我和方则坐着的士，寻找游艺场里适合我们的机器。事先说过，宠物世界实在是太流行的机器，官方的语言叫做雨后春笋般出现，但X市的经济比武汉要差很多，大多是一些高中生在那里玩。

和我们一起打机的只有一个老小子，看我们赢了钱，觉得很奇异，大概是他没怎么赢过。我们赢得不多，大概可以平了在X市的花销，因此我们可以很顺利地出来。这个老小子就跟了出来，装出一副伪善的样子要请我们吃饭，顺便探讨一下打机的心得，被我三下五去二甩开了。接下来的F市，依旧是康庄大道。F市是个小城市，没什么游艺场所，只有些小型的电玩室，我去里面玩了玩拳皇97，被人虐了，算是缅怀一下我的少年时代。

　　但U市不同，到达U市就算是我们出省了。少年时，我是很少出省的，为此我们还在火车上探讨过少年的出行。方去过的全是豪华的地方，北京上海，但苏小玉也不弱，丫好歹出过省，而且到过的就是U市，见过世面。算来属我最弱，这真让人惭愧。

　　但好在没什么可怵的，虽然我风闻U市的民风剽悍，出过不少强盗，但我们也不是什么好鸟，而且只是无所谓的过客。

　　U市有个苏小玉的亲戚。她缠着让我一起去拜会，但被我无情地拒绝了，借口当然是方。苏小玉气呼呼地走人了，我和方用过晚膳，便出了宾馆，转了一圈，没什么好去处，也没有可以打机的地方。我提议去洗浴，但方好像不甚了了，于是我也不甚了了。好不容易摆脱了苏小玉的纠缠，以为可以轻松一下，却被方断了我这个念头。

　　当我们回宾馆的时候，方却拉住我的衣角，指了指边关旁边的一条巷子。柳暗花明，巷子里躲着一家叫做兴盛的游艺场，看着招牌和门脸，好像很气派。

　　进去后，的确不出我们所料。我先是转了一下，观察环境，因为在宾馆的附近，我还在想兔子该不该吃窝边草的问题，但我很快被吸引住了。

　　在那里，我又见到了那个女人。开始她只给我背影，但郁金香的味道出卖了她。她坐在那张小板凳上，旁边围了两个不怀好意的小伙子，不知道是在看她打机还是在看她的胸围。她玩的是一台普通的玛丽机。

不知道她是不是会玩，我暂时没看出来。她东点点西按按，俨然一个技术派，押分的方式很怪，怪到我站在她后面的时候，她居然一个也没中。

"哎呀，押这个押这个。"旁边色迷迷的小伙子着急起来。

"是吗？"她很幼稚地看着他。但我看那小伙子的眼睛却从上面的角度透过她外衣下的裹胸看了过去。

"试试青皮瓜和双星吧。"我说。她回过头来看了我一眼。我微笑着，但是笑得很权威，带着不可辩驳的力量。

她听了我的话，在青瓜和双星上将信将疑地各押了两个分值。

"呀，真的中了。"她拍着手跳了起来，这大概是她十分钟内第一次中。我舒了一口气，其实我也多少有点蒙的成分。

她转过身，看了我一会儿，眼神简单大胆，我的心跳了起来。

"真巧啊。"我说。

"啊？"她疑惑。

"大概是X市金丰宾馆五楼的窗台吧，我见过你。"我做出不确定的姿态。

她笑了，笑声像银铃一样。"想起来了，真的好巧。"

两个小伙子很知趣地闪开了，大概是觉得泡这妞没什么希望。我坐在她旁边的小凳子上点了根烟，递给她，她摆手拒绝了。

"女孩子家好像不应该到这玩哦。"我吐了一个烟圈。

"你会吐眼圈唉!"她羞赧地看了一下我，"我只是无聊，到附近转转。"

"附近？你在这住吗？"

"我就住在旁边的那个宾馆。"

"兆林宾馆？"

她点点头。

"太巧了，我也住那儿。"我忍不住笑了。

"真的？"她拍了拍手，"那还真有缘分唉。"

"是啊，真像是天造地设的缘分。"我想了想说，"你好像不会玩这个？"我指指那台机器。

"输了不少。"她转手又把上面的分随便押了过去。

"押这个。"我点了一下，"想不想赢回来？"

"你好像很会玩这个哦？"她瞪大了眼睛。

"当然，"我得意地说，"可惜这回我点的那个没中，要不要我帮你啊？"

"好啊。"她总是笑，露出洁白整齐的牙齿。期间我顺便看了看她的身材，比苏小玉高，胸部比苏小玉略微小一些，长相却和苏小玉不是一个类型的。如果说苏小玉是可爱里略带着性感，那么她是在婉约中带着一丝高贵和不可抗拒。

"我袁逍，你呢？"我接着问。

"袁逍？"

"袁承志的袁，逍遥的逍。"

"朱平平。"她说。

"我觉得我见过你不止一次了。"

"是吗？你骗人。"

"唉，你干吗呢？"方咋呼地跑了过来，拍拍我的肩膀。

"给你介绍个新朋友，朱平平，他是方，方哲。"

"你好。"朱平平很伸出一只很干净的手。

"好。"方握握她的手，"火候到了。"这句话是和我说的。

"我等会儿再帮你赢，现在不如去看看我们怎么玩吧。"我提议。

她怯生生地跟在我和方的后面，像个要受保护的小白兔。在坐到宠物世界那台机上面之前，方告诉我有两个大玩家，已经往里面烧了好几万分了。但他发现这个机器吃分相当厉害，以前玩的大约是6比1，现在差不多有8到9的样子。但我们还是很自信地坐在那，朱平平则搬了把凳子坐在我和方的中间。

方说得没错，一开始玩，我们一直用均压法，保证自己可以保个本，同时观察情况。这个机器显然经过了调试。那两个大玩家，一个胖子和一个黑脸哥们儿，估计也非泛泛的玩家，连追高赔率，但还是连续被机器开涮。

"这个机器好像很刺激哦。"朱平平在我旁边小声说。

我弹弹烟灰，眼睛却盯在台面上。

一直到我们亏了好几千分，那个机器还是没什么动静。我和方有些着急。事后我们才知道，这台机器不同以往，最高居然可以吃到九万分，这让我们有一段时间熬的。足足等了一个半小时，我们才等到可以展现Z字押法的时间。在有吐分征兆的时候，因为连中了两把40倍的皮卡丘，可惜开的分都很小。此前我们用了几次Z字押法，没想到居然没中。而这一把，绝对不是虚构，我们等那两个大户，他们追高赔率有些追怕了，押了一回小。这就是偷分的好时间。找准机会，看到了方给我暗示，我在46倍的皮卡丘上押下了重注。

"哇，厉害。"朱平平拍手，看着飞快窜升的数字叫道。

那两个大玩家摇着头，很奇怪地看着我们。

老板赶了过来，我们觉得出手有些狠，这一把足有三千多块钱要赔。我们面面相觑，但老板很客气地要我们等等，说让伙计去后台给我们点钱。我们愉快地接受了。

"你们是生面孔啊。"老板很温和，还给我上烟。

"不好意思，手气太顺了。"我打着圆场。

老板笑着，后面的伙计拿出一叠钱。老板拿过钱，伸手递给我我："来，你们点点。"

"都别动！"突然，四五个警察掀开门冲了进来。

老板面色一寒，马上把钱塞回自己的腰包。所有的玩家都蒙了，还有分卡在里面更是不知如何是好。

"张队长。"老板走过去上了根烟。

"突击检查。"为首的老警察接过烟点上。

"身份证。"我们三个人首当其冲，被后面的警察喝住了。

"老胡啊，你这老出问题。"老警察盯着老板。

"包涵包涵。"老板赔笑，我们还在不情愿地掏身份证。

"包涵个屁，清场，把这里的人都带回去。"老警察一招手。

我立马崩溃了，整个机房安静下来，我眼睁睁地看着屏幕上的显分板变成漆黑一片。"说了多少次了，不要接纳未成年人。"老警察示意一帮小孩快走，我们和十几个玩家则被灰溜溜地带出去了。

"怎么回事？"方问。我摆摆手，让他不要轻举妄动。

"我也要去吗？"朱平平很好奇，"我只是随便来玩玩的。"

"随便玩玩也不行。"我这才看清楚，里面居然还有一个女警，但灰头土脸的，一点也看不出来。朱平平无奈地耸耸肩。

"看那德行，一看就是个鸡。"有不明真相的群众在我们去警署的路上指指点点。

"你说什么？"朱平平突然转过身去。

"你干什么？"女警瞪着眼睛跟上去。

"你再说一遍。"原来她也那么凶，对着那个老乡吼。

"老实点。"女警一个反手小擒拿，就搞定了朱平平。

我急忙上去，但马上也被旁边的警察拿下。

"她不懂事的，不懂事的。"我急忙替她辩解。

朱平平一脸委屈，居然在众人的围观下哭了起来，哭得千回百转肝肠寸断。一时间议论的声音消弭了，但天空却不赏脸，灰头土脸地下起雨来。

由于之前进过号子，所以我并未感觉戚戚然，只是让朱平平和方安静，不要言语。果然我们是最后被处理的，我们唯唯诺诺，像些小耗子。只有朱平平挺着胸膛，大义凛然，有些烈女的风范。虽然那些警察并没有怎么为难我们，但是前后也折腾了一个多小时。我心情很差，他们都没看出来，我还在为那三千多块钱感到惋惜，本来是唾手可得的东西，怎么会那么蹊跷呢？警署离那间场子其实很近，这其中必有文章。

"速回。"期间我的BP机响起来，是苏小玉寻呼过来的。

出了门雨已停了，空气还有些湿润，朱平平撑着懒腰。

"不好意思，连累你了。"我笑道。

"没有啊。"朱平平客气地说，"怎么是连累呢，只是刚好赶上吧。"

方已经愣头愣脑地走起来，我拉住他说："你去哪？"

"找那个老板要钱啊。"方一本正经地说。

我急忙拉着方和朱平平的手躲在了暗处，借着门口的灯光，老警察信步地走了出来，旁边却是刚才的那个老板，他们勾肩搭背的。

"老张，谢谢啊。晚上我请你吃宵夜。"老板和那个警察的身体分开，招招手准备走。

"小事。"老警察说完就转身进去了，留下那个老板哼着小曲，四平八稳地消失在黑暗中。

"还要个屁。"我冷哼道。

"怎么回事？"方很傻很天真地问。

"他们是一伙的啦。"连朱平平都看了出来。

这些所谓的游艺场，办事的手段真是五花八门。常见的，如果你赢得过分，出门就会挨闷棍，醒来身上的钱会分文不剩。够仗义的会只抢走你赢的钱；心狠手辣的就完全不会在乎。由于你的钱并非正当手段得来，根本无从报警。而像U市这样的，属于温和手段。他们和当地的警察勾结好，会在需要的时候出现做出查抄的姿态，然后人散分销，一干二净，一了百了。即使事后你去找老板，他要么会不记得你还剩多少分，要么就哭丧着脸跟你说，他也被罚了不少。装得比谁都可怜，其实个个都是吃人不吐骨头的主。但好在我们那个时候青春年少，吃了些亏，只要肉体不曾消亡，失去的总会再拿回来。

我的BP机又响了，我刚拿起来看，却见苏小玉已找到我们了。

"王八蛋，你死到哪去啦？"她像箭一样冲过来，一出手就是女人天生的章法，她捶着我的胸口，大声嚷了起来。

26

　　当苏小玉冷静下来的时候，就像引线极短的一只炮仗，你点燃，还来不及跑开就会被炸伤。她会变得很棘手。现在她就处在这个状态，身体里蕴藏着无数能量的小宇宙，一旦爆炸，方圆百米俱为焦土，很可能还会伤及无辜。

　　看见朱平平后，苏小玉怒气冲冠，当然她没戴帽子，我只是打个比方而已。朱平平站在那里，安然得体，仿佛还不明白发生什么事情，依旧在笑，我觉得她在任何情况下都会笑。

　　"她是谁？"等朱平平意识到时，苏小玉已经抛出了这句话。

　　我觉得任何语言在此刻都显得很苍白，虽然有方在旁边，但很显然这是我钓的马子。

　　"我啊？"朱平平看见苏小玉指着自己，"我们刚认识，他帮了我个忙，我们又……"

　　此刻我觉得朱平平完全是个白痴，这种情况下，她只需要闪人就行了，她做的甚至还没有木头小方得体。

　　"朱平平。"方打断她。

　　"啊？"朱平平扭过头看方。

　　"我能陪你回宾馆么？"

"好啊。"她看看我，对我招招手，和方一起把我和苏小玉甩在这里。

苏小玉定力真的很好，但我也不错。她一言不发，有那么六七分钟之久，我只能陪她站着。我们不说话，像是两座雕像。谁都能体会到时间流逝的艰难，像是迟钝的刀，停在我的身体里，被一寸寸地往外拉。

我说过，我对苏小玉的脾性略知一二，果然她逃不出我的樊篱。她转过身，拖着强烈的戾气，像一辆小突突，突突突突就开走了，开进了宾馆，开进了房间，开进了被窝，躺在里面继续装尸体。

我恰到好处地贴着她，抱着她，在她耳边轻轻说："你误会了，她其实是方的朋友。"

"你当我白痴啊？"过了好一会儿，苏小玉才回答我。

"可以找方来对质嘛。"

苏小玉是个雷厉风行的货色，她知道撒谎是方的弱项，她打了电话，十秒钟的工夫，也就是眨了两下眼睑的时间，方出现在我们面前。他洗过澡，头发湿漉漉的。苏小玉劈头盖脸地抛出自己的疑问。她紧紧盯着我的脸，我的眼睛，甚至我的手，我不能给方任何暗示。

"是啊。"方真够哥们儿，丢下这句话，就很酷地闪人了。

苏小玉的脾气总算平复，我们又立马恩爱起来。但当天晚上，我却梦到了朱平平。我想，我快完蛋了。

翌日，我们出了U市宾馆，想迅速逃离这个让人心悸的城市。巧合的是，朱平平刚好也出现了。她拎着行李，和我们一样风尘仆仆。

"真巧……"我刚准备打个招呼，就感到身后一阵剧痛。

"是啊。"朱平平装作没有看见的样子。

"你也要走么？"我忍着痛问。

"是啊，我知道你们是在四处旅行，"她说第一句话的时候，苏小玉盯着我，我没告诉她，于是我盯着方，方则一脸坦然。"可不可以带上我呀？我也在四处旅行，可是一个人玩好没意思哦。"

我控制住情绪，告诉自己千万不要发表意见，否则很可能会被苏小玉捏死或杀死。

"不行。"苏小玉发话了，"跟你又不熟，会很尴尬的，是不是，袁逍？"她又掐了一下我。

"是啊。"谁都看得出来我的心口不一。

"哎呀，我可以自担旅费，还可以每天包大家一顿饭。"朱平平大言不惭地说。

我看看苏小玉，她掌管着我们的衣食住行。她翻着眼睛，好像在盘算这里面的利润，不愧是个生意人，此刻已经完全把她男人抛在脑后了。

"求求你们啦，我不会给你们添麻烦的。"

仔细想来，朱平平的要求比较唐突，毕竟我们跟她没有认识太久，但我那时候自我感觉良好，总觉得她对我有一些意思。众所周知，一见钟情这种东西虽然是小概率事件，但并非不存在。但我已经有了苏小玉，可心里却不能禁止对朱平平的垂涎。

我把方和苏小玉拉到了一边。

"不行！"虽然算过了账，但苏小玉还是一口拒绝。

"你觉得呢，方？"和昨天晚上的情形一样，我依旧不能对方做任何暗示。

"我觉得挺划算的。"方说完这句话，我和苏小玉都很意外地看着他。他说这句话的时候，表情很奇怪。我撇下他，又拉过了苏小玉。我们这个阵势在朱平平眼里一定很奇怪。

"我说是他的朋友吧。"我耳语着。

"但我看你好像不怀好意唉。"苏小玉警惕地看着我。

"哪有,你看方的样子,分明是情窦初开么!"苏小玉顺着我的眼神看过去,"你想想,我们两个双宿双飞,也得给方个机会吧。"

其实我的心里也在嘀咕,方一口应承下来,这绝不是他的风格。如果他真对那小娘子有意思,那么我又算怎么回事。但我是赞成带上她的,那样就意味着有无数的机会,为我们的旅途带来一些别的味道。

总之因为方的关系,苏小玉听信了我的片面之词答应了。朱平平果然按照自己的承诺承担旅费,从火车票到住宿到吃饭,都交了份钱给苏小玉。但让苏小玉奇怪的是方对朱平平好像不是那么来电,甚至连一丝的若即若离也看不出来。

一个偶然的机会,我才知道了其中的缘由。原来那天晚上,朱平平在和我们分别后,私下里又和方见了面。她表达了想跟我们一起旅行的意思。方一开始是拒绝的,但禁不住朱平平的哀求还是同意了,不过他需要朱平平一个解释。

"其实我也喜欢打机啦。"朱平平靠在桌子边,"我发现你们打得很好,不如收我做徒弟吧。"

"喜欢打机?为什么?"方觉得很怪异。

"我不是为了钱,"朱平平的理由很奇怪,"我只是觉得能够战胜机器,很酷啊。"

方是被朱平平的笑容、被师傅这个名号还是为了她那个几乎不成立的理由打动了,我不得而知,我无法窥得他内心的风起云涌。总之朱平平加入了我们，还要成为我们当中的一个。可是真的有人，愿意承受我们这样灰色的人生么？

只用了三天，苏小玉对朱平平的敌意就不那么强烈了。朱平平并没有和我做过多接触，而且她很快用自己的笑融解了苏小玉。在去往C市的火车上，她们一路谈论的都是香水护肤品的牌子。朱平平知道的显然比苏小玉高级，一到C市就带苏小玉血拼了好几千块的东西。苏小玉毫不心疼，我却很不爽，这样下去她很快会用完她的那份。在她心中，我们是不分彼此的，我的那份也马上会被蚕食。为了显示自己的品位，苏小玉对于国产的牌子一概不屑。那时候还没有加入WTO，外国货总是很贵。苏小玉身上香喷喷的味道更诱人了，她挑选的不是郁金香那种神秘的味道，而是另一种稍微浓烈的香气，其实也很不错。但不知为什么，我却有一些看朱平平不爽起来。她从意识形态上开始陶冶我的女人，这是赤裸裸的精神侵略。我无法对苏小玉的精神构成威胁，我下流世俗，满脑子的黄色思想，根本没有拿得出手的东西去侵蚀苏小玉。

"下一步，就是从衣服着手啦。"在C市宾馆的餐厅里，两个人还在喋喋不休。

"是吗？"苏小玉美滋滋地问，但声音有些变调。

"我倒觉得你现在的风格就挺好。"我插话道。

"你的嗓子怎么啦？"朱平平问苏小玉。

"有些疼有些痒。"

"是话说多的缘故吧？"我提醒她。

"谁说的，我话也很多呀。"没想到，朱平平这么快和苏小玉就结成了同盟。

"点菜吧。"方有些百无聊赖。

"没烟了。"我看看空烟盒。

"我去给你买吧。"朱平平诡异地站起来。

"不用了。"但已经来不及阻止朱平平了，她飘逸的身形晃动着，很快出了宾馆。

"她不会有事吧？"半小时后，我看着夜色，不无担忧地说。

"应该没事吧。"方说这个话其实并没有底气。外面天色黑沉，整个城市刚刚进入流光溢彩的时间。

"买个烟应该不至于吧。"我调笑道。

"你们两个男的，怎么好意思让人家去买。"苏小玉也拌起了嘴皮子。

"好啦，我出去看看。"那时候菜都上齐了，大家饥肠辘辘，但却没动筷子。我刚起身，就看见玻璃后面一团橘黄色的影子。

"不好意思，给你。"朱平平一落座就扔给我一包烟，接着又甩给苏小玉一团东西，定睛看是喉宝。

"啊？"苏小玉一愣。

"药店太远啦。"朱平平略带歉意地说，"你不是喉咙疼么？"

"谢谢啊。"苏小玉有些受宠若惊。

朱平平脸上还淌着汗珠，精致的妆容也分明出几条小沟壑。

照苏小玉的解释，自那天以后，她对朱平平就完全没了脾气。当然，这是建立在我对朱平平并无过多接触的前提下。有些人就是这样，她们温柔体贴，像是江南闺秀，她们笑，她们和煦，让你如沐春风，暖洋洋一片。比如朱平平。而苏小玉显然不是，绝对不是。

到了晚上，苏小玉有些感冒，大概是空调吹多了的缘故。总之懒洋洋的，朱平平就像个妈妈，又像个机器猫，袋子里面装着很多胶囊啊，胖大海之类的东西，苏小玉被药弄了个七荤八素，很快就想睡了。我陪她躺了一会儿，她就安稳地睡着了。我起身，在她的脸上亲了一下。那时才十点半，我睡不着，就去了方的房间。

我进去的时候，朱平平正在房间的过道准备出来。我们狭路相逢，她点头示意，笑了笑就退了出去。

"不玩会儿啊？"我招呼她。

"不啦，我去洗澡啦。"她说着就不见了。

"她在钓你，还是你在钓她？"我酸溜溜地问方。

"没有，她问我们打机的时候能不能带上她？"

"很危险，她上回又不是没见过，还是不要了，太惹眼了。"

"我也是这个意思。"方点点头，"可是她很固执。"

"你多劝劝她。对了，你对她有意思没？我看她很喜欢你。"

方瞪了我一眼，我无奈地耸耸肩，告辞了。路过朱平平的房间，我看见门虚掩着，踌躇了几秒钟就推门进去了。

朱平平刚洗完澡，吓了一跳，一下子抱紧睡衣。

"你进来不敲门的？"

"你洗澡不锁门的？"我反问。

"门这种东西，也防不住有心之人。"朱平平咬着嘴巴，吃吃地笑着说。

"我就随便转转。"我有些尴尬。

"是么？坐吧。"朱平平放松一些了，把头上的浴巾摘下来，开始吹头发。

"小玉她睡了么？"

"嗯。对了……"

"什么？"

"等你吹完头发再说。"

等她吹完头发，换完一个造型，头发不再是千篇一律地垂下来，而是简单别致地束起来，露出姣好的脸庞，给了我一个雅致的侧脸，让我突然想到她很像某个人。

"你是谁？"我冷冰冰地问。

她捋了一下头发，正视着我。

"我见过你。"我站起来，俯瞰她的脸。

"X市的宾馆么？"她对我的正义凛然丝毫不感冒。

"武汉，三和路的电玩厅，马培生办公室前，一面之缘。"

"我怎么不记得？"朱平平无辜地说，"我没去过武汉啊。"

"不对。"我打断她，却又不敢肯定自己的判断，"难道是我认错啦？"

"肯定认错啦，你确定你看清楚当时的那个人啦？"

"我只看见她半边脸。"我诚实地说。

"那就是啦，我前几个月一直在缅越边境玩呢。"朱平平说完，从皮夹子里掏出一本护照一样的东西。日期的确是那段时间。我也懒得细看，管她呢，就算是那半张脸的小娘子又怎么样？我不信马培生的人会追到这里来。

"你和那个人有过节啊？好像很担心的样子。"朱平平很婉约地拿着水杯靠在桌上问我。

"也不是，只是突然想起来。"

"王八蛋你在哪？"我突然听见苏小玉在走廊上喊我。

朱平平对我做了个鬼脸，目送我无奈地出去。

181

有一天我翻开方的笔记，他在上面记着朱平平："通过袁的描述，一个通过小概率的巧合认识的人。"方就是让人没脾气，无论怎样，结果总是会落到数学这个东西上。

　　后来我打消了疑虑。朱平平出手阔绰，通晓法语，据说是从法国留学回来的某企业老板的女儿，至于是什么企业她不肯告诉我。年纪么也不肯透露，估计比我要大个三四岁，可是拥有童颜和不太靠谱的智慧，看起来大概是这个样子。她回国后也不急着工作，就一直在四处瞎跑，看看祖国的大好河山。因为数次和我们偶遇，觉得很巧，加上上次在号子里的患难，想要和我们一起。她说的完全没有漏洞，而且说起法国和越南的掌故来头头是道，于是这个插曲就这么不了了之了。

　　就这样，我带着两个姐姐，和一个方，继续打马上路。

　　在C市进行得还算顺利，这得益于我挑选的都是富庶的大城市。朱平平曾问我们的路线，我拿出线路图给她看。她觉得我们真是翔实，因为她一直是在漫无目的地跑来跑去。她对我的路线并无大的意见，只是提议能不能在中间几个风景优美的小城逗留。

　　"如果你肯出路费，我们倒也没什么。"我不动声色地说。

　　"那没问题，花钱买开心嘛。"朱平平很乐意地说，弄得好像雇主一样。

　　不过在C市，我们并不想带朱平平前去打机，虽然她强烈要求去。我以让她陪苏小玉为借口拒绝了，但苏小玉太不识眼色，居然说没关系，可以陪她和我们一起去。这真让我头疼，两个女眷，一旦有什么变故，可真不好说。

　　"你们干吗用手掩得那么严实啊？"最后朱平平还是去了，但却像个十万个为什么一样，完全不类苏小玉那般无所谓。

　　"怕被偷师啊。"我说。

　　"习惯而已。"方和我的解释完全不同。

　　总之比较引人注目，一则是因为赢了钱，二则旁边跟着两个女人。那些男的眼睛贼亮亮的，一刻也没停止在她们身上乱瞟。

"快走啦。"苏小玉受不了了，拿着她的小挎包就往我身上砸，我们不得不提前收官。

"这个机器很好玩唉，"朱平平喋喋不休地说，"我还看过那个动画片呢。"

"《宠物小精灵》么？"我说。

"我很喜欢那个片子的。不过我都不知道你们怎么玩的，教教我啦。"

"你去问他吧。"我指着坐在的士前排的方说。

"有什么好玩的？"苏小玉没好气地说。

"不玩我怎么养活你？"我反问。

"这么说就没意思啦，"苏小玉来劲了，"如果当年没老娘挺你们，你们会有今天，你说是不是，方？"

方正在出租车前看着自己的大部头笔记本，点了点头说："对。"

苏小玉满意地瞥了我一眼。朱平平在一旁偷笑。

"小师傅，你在看什么啊？"在得知方的年纪比自己小之后，朱平平改口管方叫"小师傅"了，她趴在座位的靠背上，踮起身子。

"没什么没什么。"方合起笔记本。

"他写日记，你不知道吗？"我嘲弄着说。

"他那个本本到底是什么东东啊？"朱平平到了晚上还在问。

"你真的想知道？"当时只有她和我两个人。

"是的。"她说。

那把她的胸部，让我看看。我本来是想这么说的，但看见她瞪着无辜的大眼睛就放弃了。我可以理解她的心情，任何人在看到方怪异的举止之后，就如我第一次见到方一样，都会以为他是个行为艺术家。其实不是这样的。我告诉她关于方的一些事情。

"哇，酷耶。"朱平平不停地赞叹。

"酷个屁，你若是他，就会明白那一点也不酷，只有痛苦。"方痛苦么？其实我也不知道，子非鱼，焉知鱼之痛？

"哎呀，不知道上面是怎么写我的呢？"她说。

"恐怕是看不到了，认识他这么久，那个笔记一直像宝贝一样，从来不允许人乱动的。"我耸耸肩。我说的是事实，尽管我曾经私下偷看过，但那是在方不知情的情况下。方这个人好像没有感情，如果说他会生气的话，我想也只会为别人偷看了他的笔记而生气吧。

那几乎是人生中最快乐的时光，直到很久之后，我依然可以清晰记得很多细节。2008年，当国人都挤着去北京看奥运，我开着车沿着当年的足迹寻找蛛丝马迹。有些人就是这样，年轻时经历的那些无法忘却的东西，最后会深入骨髓，或许我就是这样的一个人。

那年我还差几月才满二十，经历的事情让我比同龄人要成熟很多，但我还是无法认清自己，否则我一定会选择一条别的路。青春就像抽上了四号，可以畅快淋漓，撕心裂肺，让你感觉没有白白活过，但有时你却要用整整一生的时间，去戒掉当年的瘾。

这一次我是敲门的。我敲了朱平平的门，打算再去敲方的门，叫他们出去吃宵夜。朱平平没有应声，我折了个身子又去敲方的门。方的门虚掩，里面有哗哗的水声。但我推门进去，看见的却是朱平平小心翼翼地拿着方的笔记本，贪婪地翻看着。

"干什么呢？"她甚至没有发现我的到来。

"啊？"她惊叫了一下。

"怎么啦？"方在里面喊。

"嘘。"朱平平把手指头靠在唇边。

"没什么，别偷看哦。"我一边从她手里夺过本子，一边大言不惭地说着，尽管我自己也偷看过。

"我说过要看他怎么写我的。"朱平平皱皱小鼻子。

"没什么好话。"我忍不住伸手去刮了一下她可爱的鼻子，"再说你也看不懂。"

"是看不懂哦。"她懊恼地说，"像鬼画符。"

方出来了，我们当什么事都没发生一样。我让他们先去吃宵夜，自己独自去叫苏小玉。我返回自己房间，看见苏小玉正在那里点钱，点得很带劲，已经进入忘我状态了。

"干啥呢？"

"从我们出来到现在，钱不减反增唉。"苏小玉头也不抬，很兴奋地说。

"那还用说。"我走过去。

"亲亲你。"苏小玉在我的脸上啃了一口。

"这只是开始，还有那么多城市没去呢，要是你高兴，咱们把中国的城市全杀一圈。"

"你还想出国啊？"苏小玉嗔道。

"那是肯定的，马上就要跨世纪了，咱们也得有个奔头吧，所以呢，我拿过她手中的钞票，钱有什么好点的，该花就花。"

苏小玉过来夺钱，我随手那么一扬，钞票像是大块的雪花，在空中飞舞起来，洋洋洒洒地落了一床。

"下钞票喽。"苏小玉一时兴起，也从我手中夺过一沓，撒了出去。

彩色的纸张很快就迷醉了我的眼睛，我靠在床头，都有些不能自拔了。这样的生活，真希望永远不歇地过下去。

苏小玉自从出来后，仿佛被一个个小小的花花世界迷失了眼睛，我们去打机的时候，她就独来独往，像个没见过世面的小青蛙，兜兜转转。她也知道我们要办事，这是她唯一的好处，尽管就我目前所知，她比较泼辣，但在这个时候，她不闹。她知道自己忍受不住那种环境，有时候宁愿独自待在宾馆，有时候去逛逛街。不管怎么说，她至少是个可人的少妇。有时候虽然会担心她放单会出事，但苏小玉说怕什么，老娘15岁就出来打天下，什么世面没见过，简直是个混世女魔头。

但这一次，我们刚踏进好不容易寻到的场子，我的BP机就嘟嘟地响了起来，我让朱平平和方先进去，自己去回电话。果然不出我所料，是苏小玉。

"袁道，你们快回来。"她的声音很急。

"怎么了？"我说。

"我刚才在附近逛逛看到一个人，好像是楚项东。"她的声音嘶哑，都快哭了。

"什么？你别急。"

"袁道，我好害怕。我了解他，怕他是从刘唐那知道我和你在一块，会把我们都杀了的。"

"别怕别怕，"我安慰着，"我马上回来。"

我冲进去，朱平平替代了我的位置，正坐在那试手，眼睛还不住地往方的位置上瞟，我拉起他们就走。

"怎么啦？"朱平平被我的阵势吓住了。

187

"别废话。"我心急火燎地说。

"出事了吗？"在出租车上，方镇定地问我。

我点点头，心里很乱。这都他妈的哪跟哪，楚项东怎么会像个尾巴一样，如影随形，而且怎么这么快就被他盯上了？但如果楚项东出现，那么一定会有刘唐。以我当日的手段，刘唐肯定不会放过我。

等我返回宾馆，苏小玉已把东西收拾齐整。她原来这么脆弱，一见到我就扑到在我的怀里。

"我们走吧。"她说。

"别怕。"我拍拍她的肩膀，"你们也去收拾东西吧，我到时候再给你们解释。"

"袁逍，我怕楚项东会拆散我们。"她的眼睛里有泪花了。

"别怕，谁也不能拆散我们。"她使劲地点点头，像个不谙世事的少女。

"他看到你没有？"我接着问。

"我不知道。"苏小玉摇头说，"我不知道，我一看到他就逃走了。"

"谨慎起见，我们还是走吧。"我一把提起了行李，拉着苏小玉。方和朱平平已经在门口集合了。

"是你仇人啊？"朱平平好奇地问，看到苏小玉的样子，就赶紧闭了嘴巴。

"走楼梯。"我看着电梯在一楼停着，以防万一，就做了这个决定。

我们住的楼层不高，是六楼，所以不是特别费劲。我第一个从安全出口冲出去，但马上又折回来，把所有的人都拦在了身后。

"嘘。"我赶紧说。因为在那一瞬间，我在电梯口看到了四个人，有两个人的影子我再熟悉不过，刘唐和楚项东。

"哎呀。"朱平平的东西不小心掉在了地上。

"混蛋。"我心里暗骂，拉起他们又跑向地下室的通道。电梯门隔安全出口还有那么一段距离，不久我在黑暗的地下通道中看到一条影子向里张望。

"没事吧？"是刘唐的声音。

"嗯。"楚项东走了回去。

整个过程，充满紧张和刺激，我们一路都在狂奔，而朱平平更是几乎被我硬塞进出租车。大热天的，浑身上下都变成黏糊糊的，但我已经顾不上了。逃命的感觉原来是这样的。我们来到火车站，把原定明天的票改签，就这样开始了前往Y市的旅途。

"算是白来了K市一趟。"朱平平惋惜地说。

"把事情告诉我们吧。"方拿出了本子。

"我来告诉你们原委。"

我说的有些是方知道的，有些是苏小玉知道的，但我略去一部分，比如我和楚项东的交易。朱平平听得最为认真，或许也是我讲得精彩，起承转合，头头是道。

"真像传奇一样呢，我要是会写小说就好了。"朱平平看我说得口干舌燥，递给了我一瓶水。

"唉，让一下，这没人吧？"由于离Y市只有两站地，所以我们选择了坐票。中间一站上来了很多人，刚上来的是两个黑脸小子。他们推了我一把，让我很不高兴。我挪挪身子，由于有人过来，我停止讲述，四个人坐在那里，突然沉默了下来。

坐在我身边的黑小子甲突然对对面的黑小子乙小声地说："这样能行吗？"

"怎么不行，现在都已经在机界传开了，那帮人在武汉搞得别人人仰马翻，外面风传他们已经在满世界跑着找机打了。"

我的耳朵突然竖了起来。

"这么牛逼啊。"黑小子甲眼睛里闪着光。

"他们能这样搞我们也可以啊，反正现在K市很难混，都脸熟了，再说了，像这样干的又不是我们一个。"

"听这口气，好像说的是我们。"我咬着牙齿，低眉顺目地对苏小玉说。

"美得你。"苏小玉悄悄说。

"都成偶像了还不美？"我说。

"唉你们去哪啊？"过了十来分钟，又有两个怪头怪脑的人从别个车厢过来。

"不去哪，去玩玩。"黑小子乙随口应和着，看他们过去了，他才黑着脸对甲说，"我靠，跟他们说了这事，没想到他们和我们一样也要这样搞了。"

"谁叫你乱说的。"

"我不是喝多了么？"

事后我才知道，我们在武汉的光荣事迹已经在周边传开了。那个时代，还有一些像我一样做着靠打机就可以发财可以生活的无聊青年，毕竟那始终是个一本万利的诱惑。他们履行着各自的足迹，踏着金色的霞辉，胡乱前进，横冲直撞，希望能为自己寻来金钱，寻来快乐。但在那个时代，真正打机的人并不是很多，而各地流行的机器也是千篇一律。不像很多年以后，机器淘汰更新的速度让我们望尘莫及，而且同一个厂家的同一个机型，也会因为板型的不同，即使是毫厘的差池，离自己想要的结果却是差之千里。最好的年头，蓦然就一去不复返了。

"你说我们会不会再遇上他们？"方问。

"不知道。"我回头看了看。他们和我们向着完全相反的方向，很快就淹没在人海之中。

我们管不了那么多，因为我们也是行色匆忙，疲于奔命。后来我告诉别人说，我年轻的时候，曾经走过很多城市。他们笑着问我各地的见闻，但我却说不出所以然来。我们像是流星一样划过城市的上空，或许连流星都不是。我们没有华丽异彩的焰尾，倒像是燃过的灰烬，漫无目的，随风飘荡。我说不出见闻，因为我来不及看清楚每个城市的轮廓，我停留得或长或短，但那都不是最重要的事情，我记得的，只是那些个城市的名字。

28

　　我们到达Y市的时候，天刚蒙蒙亮。吃过早饭后，我们按照惯例找了个地方住下来。到现在为止，我们已经横跨了两个省区。Y市给我们焕然一新的感觉，因为整个城市都是崭新干净的。但是我仍然小心翼翼，因为我还想不通刘唐他们是怎么跟上我们的。

　　"你怀疑朱平平？"休息之前，我和方曾经有些简短的对话。

　　"是的，因为只有她来历不明。"我目光游移。

　　"可是她不像哦。"

　　"你个笨蛋，你看谁像？"

　　"说的也是。"方简单地笑笑。

　　醒来后已是下午，照老规矩依然是去踩点。踩点是很简单的，那个年月，你去一个城市最热闹的地方，市政广场啊什么的，总会碰到一家，玩腻了你就随便拉个看起来是老油条的玩家，给他上支烟，问问他附近还有什么去处。

　　我开始留意朱平平的动静。她平和如昔，一个美美的大笑脸，除此之外，倒也没有什么异常之处。一开始没让她加入就好了，如果她真是混进来的奸细，按现在的情形，没抓到证据之前还真不知道怎么办。而此时，我再也不敢放着苏小玉一个人行动了，万一再碰到楚项东他们，很可能会被直接掠走。天涯海角，我很可能再也见不到她。众所周知，我没有遵守协议，楚项东指不定会对我怎么样。

整个Y市广场的下面都被掏空，建起了一个地下游乐场，除了有平常的街机还有那很多模拟机，当然也少不了赌博机这种东西。我买了一些币，先让朱平平陪苏小玉玩玩。朱平平不是特别乐意，后来就拿着机关枪扫射僵尸，扫得不亦乐乎。至于赌博机，处在游乐场的另一片角落里。我和方站在外面看了一会儿，里面增加了一些我没见过的机型，但主力还是玛丽机和宠物机。大约有三台的样子。我们张望的时候，却看到坐在门口卖币的老板也在看我们，眼神很怪，但具体也不知道怪在什么地方。

等我们向里面走时，却遇到从未有过的怪情形。有个堂倌模样的人突然斜插出来，伸手拦住了我们。

"干什么？"

"唉，对不起啊，我们老板说你们不能在这玩。"堂倌很客气地说。

这是我见过的最无礼的要求。我别过头，向门口老板座位的地方张望。他在看我们，却没打算上前解释。

"为什么？打开门还不做生意么？"

"我也不知道。我们老板说的，没办法。"

我骂了一句，拉着方很识趣地走开了，毕竟是人家的地盘。

"怎么回事？"方问。

"我也不知道啊。"我郁闷地说。

朱平平和苏小玉对我们这么快就来找她们感到奇怪，我没有告诉她们原因。我和方瞎玩了一会儿街机，新晋的拳皇99多了召唤系统，对我毫无吸引力，于是就乱糟糟地带着他们浩浩荡荡地闪人了。

接着就是连续三次地转移，但蹊跷的是他们好像认识我和方似的，我们一去就被拦在了门口。

最搞的是第三家的老板，我进去没一会儿，就被那厮单独叫了过去。那是个四十多岁的男人，笑眯眯的，直接往桌子上扔了一百块钱，说："小哥，你就别到这玩了，这个算是车马费吧。"

我愣在那儿。那男人把钱塞给我，这真他妈无厘头，但我却很贱地拿着这一百块，招呼方走了。话都说到这份上了，我们再留下就太不给面子了。

"怎么办？"方不知所措地问。

"怎么了嘛？"苏小玉问。

"被禁止了。"我说。

"什么叫被禁止了？"朱平平被这句没有主谓的话雷了一下。

"你不懂。我们再去一家，如果再被拒就他妈离开。"我有些沮丧，不知道发生了什么事情。

"别，"苏小玉说，"不能就不能嘛。"

"我就不信那个邪！"我吼道。

"你吼什么？"苏小玉吓了一跳，完全不能体会我的心情。我们一路顺利，从未想过某地会成为我们的禁忌之地。

"别生气别生气。"朱平平搂着苏小玉。

"你吼什么？"连这个丫头也跟着质问我。

"滚，你们俩都滚回去。"我说，"方，我刚打听了附近还有一家。"

方被我叫了一声，人却站在那不动。

"我不！"苏小玉一下子拉住我，"你去哪我就去哪。"

我想甩开手，但被苏小玉拉得紧紧的，我甩了两下，方和朱平平站在那也不好干涉。最后出乎他们的意料，我突然笑了笑，一下子把苏小玉揽在怀里，说："瞧你，哪像个比我大的人。"

"去你妈的。"苏小玉使劲在我身上擂了两拳。

Y市不愧为附近闻名的大市，我们兜了二十多分钟，才到那个地方。这家场子的名字起得很妖娆，叫魅都。这是我最后的希望，苏小玉依偎在我身上，乖得像只小猫咪。

朱平平第一个冲进去，像个小马驹，活蹦乱跳的，但没到五分钟，我就看见堂倌向我们走来，我知道要糟了。堂倌走到面前，说："你好，我们老板有请。"他们完全没有"请"的架势，四五个人走过来，围着我和方。苏小玉刚要靠过来，我马上对她摆摆手。

"做什么？"方不解地问。

"看来我不去也得去哦？"我说。

"哪里，我们老板没有恶意的。"堂倌很客气。

我揣测了一下形势，决定顺从他们，也想把事情搞清楚。

"他能不能留下？"我指指方。

"不可以。"堂倌的话像是命令。

"我能不能先去趟厕所？"我问。

"好。"堂倌一扭头，马上有个人跟着我。好在厕所是封闭式的，我掏出身上的餐巾纸和圆珠笔，像方一样，我也随身携带着这些东西。我在餐巾纸上迅速地写了几个字，出去路过苏小玉身边时，我找了个机会，扔在了她的脚边。

我回过头，看了她一眼。很庆幸，她并没有看起来那么笨。

我告诉她如果十分钟我没出来就报警。事实上，我一进去，等那个人报上名字我就知道，十分钟是一个太过漫长的时间。

他客气地站起来，伸出手，我握了握他的手。他也对方伸了伸手，方没有理会，他便尴尬地把手缩了回去。

"我姓马，叫马养生。"

"马培生是你什么人？"我迅速警觉起来。

"他是我堂哥。"他坐下去，点上根烟。

"又是个小概率事件。"方喃喃地说。

"你想如何？"我颓然地坐下，房间里充满了惨白色的灯光。

"不想如何，就是听我堂哥提过你们，恰巧你们又来我这做客，就想把你们请过来看看。"他猛地暴起，手按在书桌上用眼睛盯着我，"看看你们到底是哪路神仙！"

"你看到了？"我冷冷地说。

方此刻已经明白发生了什么事，他叫了我一声。

"别担心。"我拍拍他的手背。

我看了下表，进来才不过四五分钟。这是一间封闭的办公室，再加上四五个堂倌，我们完全没有逃走的可能。那么唯一的依靠，就只有苏小玉她们了。

"你们也没做什么大事，可是却让搞我们这行的人很没面子，很耽误工夫。"

"是么？"我惨然一笑，"我们哪有那本事？"

"你们是这个行业的敌人。"他没理我，"不过事情也该到此为止了。"

"你是想干掉我们么？"我问。

"哼，等会儿你们就知道了，看着他们。"他说完，准备走。

"等等，能告诉我，你怎么认出我们的吗？"我问出了我无法解读的疑惑。

啪！两张照片摔在桌上，是我和方的照片。

"哪来的？"

"那就不能告诉你们了。"他刚要拧开办公室的门，门却自己开了。外面的喧闹声传了进来，一个大檐帽进来了。

"就是他们就是他们！"苏小玉在他背后叫着。

"怎么回事？"马养生看看进来的警察。

"有人说这有非法拘禁。"那个大檐帽是个小年轻，面色严肃地看着我们。

"哪有这回事？"马养生说，"这两个人是我朋友，在我这喝茶而已。来，抽烟抽烟。"说完谨慎地看了我们一眼。看他一脸惊乍，估计是因为来的人不是他熟悉的面孔。

"是么？"大檐帽伸手接过他的烟问我们。

方正准备说话，我拉了他一把，怕他说话出什么岔子。

"是是是。"我赔笑道。

方还准备说什么，我踩了他一脚，把他的话给踩回去了。

"那是你们报假案了？"小年轻警察回过头问苏小玉。

"没有啊！"苏小玉一脸紧张。

"扯淡，浪费警力。"小警察挥挥手，就要往外走。我对方使了个眼色，急忙也跟了上去。

"马老板，再见。"我不忘记和马养生打个招呼。他狠狠地瞪了我一眼，却也没什么办法，只好眼睁睁地看着我们离开了。

一出大厅的门，几个影子便急匆匆地跑来，与我和方的身影交错而过。我们都很惊愕，扭过头去看，苏小玉更是猛地捏紧我的手。

刘唐、楚项东，还有两个喽啰，斜照的光将他们的身影拖长，笼罩着我。我想过袭警，让他们把我带走，可看那个年轻警察的狠样，就又不怎么敢上去了。我们一直跟着警察，刘唐也跟着我们。那帮警察上车离开前，我几乎是用自己的身躯拦下了一辆的士。

"你想死哦？"那个师傅骂道。

"上车上车。"我叫道，那个师傅还想反对，但我们已经爬进了车里。

"去哪？"师傅无奈地放下计价器。

"跟着那警车。"我坐在前排，喘息着说。

"你们想干什么？"师傅看了我一眼。

"跟上去，我们要投案自首。"我凶巴巴地说。

师傅被我唬住了，他哪见过还带着俩妞的犯罪团伙啊。他战战兢兢地开车，跟了上去。我看了一下后视镜，刘唐他们也拦了一辆车，锲而不舍地跟过来了。

"怎么办？"苏小玉都带着哭腔了。

"是上回那帮人么？"朱平平好像看出了一些苗头。

"方，你带着朱平平下车吧。"我说，"他要的是我和苏小玉，我们俩引开他们。"

"不行。"方还真够义气。

"对啊，要共同进退。"朱平平也说。

"混蛋，方，你知道我和他们的过节有多深吗？"

"谁管你。"方淡淡地说。

"从警车的速度来看，它应该快到了。"方沉静地说。救命的稻草就要消逝了。

"师傅。"我叫道。

他很紧张地转过头看我一眼，明显被我们刚才的话搞紧张了。

"能不能甩掉后面那辆车？"

"哪辆？"师傅往后视镜里看。

后面不知道什么时候，有三四辆车紧挨着我们，连我们也不知道哪辆车是刘唐他们的。

"全部。"我高声说。

"你们不是要投案自首么？"师傅高呼。

"我们改变主意了。"方说道，然后他身躯往前一挺，一看就是从拙劣的港剧里学来的招，他用自己的手指顶住师傅的座位，"甩了他们，你知道我手上是什么。"

师傅更紧张了，车抖了一下，突然猛踩了一脚油门，正想去追那辆警车，可人家拐了个弯，他来不及刹车，只能带了一脚，错过那个路口了。真可惜，要是他能追上警车就好了。

"老实点。"方煞有介事，却一脸稚气地说，"甩了他们。"

师傅估计也是个港片迷，就这样被方忽悠了，在城市的主干道上狂奔起来。

"师傅太快了，我有些受不了。"

"这还快？我以前是开飞机的，你们不是要甩了他们吗？就按你们说的做。"师傅又带了一脚油门，要知道，他开的不过是一辆普通的小富康，车像箭一样射了出去。这时候，有一辆车从后面的那三四辆车中脱颖而出，死死地咬住我们。

"看来你碰到对手啦。"我拍拍他的肩膀。

"哈哈。"这回就连苏小玉也忍不住笑了起来。

"靠，跟老子飙。"师傅也发火了。

"就应该笑，"我扭过头对苏小玉说，"有我在呢。"

"嗯。"苏小玉伸出手，握住我的手。

朱平平看着我们的手，对我莞尔一笑说："我也来凑个热闹。"她把手搭了上来。

"方。"我叫道,可是方伸的是那只乔装成手枪的手。

"要我呢?"师傅从后视镜里看到了。

"师傅,"这个时候苏小玉就派上了用场,"我们也不想的,只是后面有坏人在追我们。"

"我说呢,你们这么漂亮的姑娘也不像坏人啊,可惜啊,这回罚单要开不少啦。"

我掏出五张百元大钞,说:"罚单我出啦。"

最后,还是硬通货发挥了作用。

"哎哟,开得不错啊。"师傅看了看后面那辆车,都有二十分钟了,依然没有甩掉。"不好,我快没油啦。"

"师傅,找个最近的、人最多的地方停车。"方镇定地说。

"对,利用下车的时间差,分开跑。"我想了想说。

"最近的人多的,就是世纪广场了。"师傅说。

在新千年到来之际,各地都会兴建起以"世纪"命名的广场。Y市的世纪广场尤其大,而且时间已近八月中旬,纳凉的人密密麻麻,摩肩接踵。师傅把车头一歪,我把钱一扔,问了一句准备好了么,就拉开了车门。我回过头,后面那辆车还有四五米的样子,加上停车的空隙,时间刚刚好。一出车门我就直接拉起我身后的手,说,"方,你带着朱平平跑。"

窜出去好几米,就听见身后苏小玉在叫我。我尴尬地发现,拉的人居然是朱平平,她也被我这没来由的举动搞蒙了,但远处刘唐的车已经停了下来。

"跑吧,没时间了,兴隆集合。"我拉起朱平平就跑了起来。

回过头看，苏小玉幽怨的眼神一撩而过，但谁还顾得上呢。本来以方的记忆力是记不得兴隆这个地方的，那是我们在Y市第一次去的场子，但我想苏小玉应该还有印象，所以也就放心了。

"慢点慢点。"朱平平穿着高跟鞋，经不起我的折腾，最后还崴了脚。我们在人群中像蝴蝶在花丛中一样穿梭，人们都用惊异的眼光看着我们，不过谁还在乎世俗的眼光呢。人影缭乱，我也看不清追兵，就直接拦腰扛起了朱平平。

她尖叫着，但老子管不了那么多了，这小娘子看起来瘦弱，但少说也有一百多斤。一直到最后，我都不明白我哪有那么大的气力，那一刻仿佛马家军灵魂附体，跑出了远超出平日水平的速度和耐力。

我们转到了一条无人的小巷，四下安静，没有了追踪者的痕迹。我放下朱平平，用手按住墙，大口大口地呼吸新鲜空气。起伏的胸膛证明我还活着。

"你没事吧？"朱平平就站在我用手臂支撑的身体和墙壁的空隙之间。我身上成滴的汗往下淌，她掏出纸巾，很认真地帮我擦拭。她显得那么近，却又好像那么远。有那么一刻，我迷失了自己，她的唇靠过来，碰到我的唇，重叠在一起，仿佛永远也不会再分开。

从我记事起，我吻过很多女孩子的唇。她们大多是少女的唇，有的温柔，有的火热，有的青涩，但我未能品尝出朱平平唇的味道。只记得最后，她的唇变成冰冷一片。她推开我，突然蹲在地上哭了。

我不知从何着手，无助地垂下双手，就那么看着她哭。等她哭够了，我才把刚才从她手里夺过来的纸巾递给她。她推开我的手，慢慢地走，等走到离我有好几米远的地方站住了。她背对着我说："忘记这个事吧。"

我舔舔嘴唇，她的味道已彻底消失了。

29

等在兴隆门口见到方和苏小玉，朱平平果然没提那事，她握着苏小玉的手说，"太好了，你们都在。"

苏小玉狠狠地瞪了我一眼。

"你们跑得也够快的。"为了缓解尴尬，我对方说。

"她跑得比我快。"方指着苏小玉说。

我走过去，搂住苏小玉，她甩开我的手，就像她以前做的那样，于是我又搂住她，她甩开，如是再三，苏小玉就是这么好哄。

我偷偷地瞟了朱平平一眼，她没看我，只是在一旁对苏小玉说，别生气啦别生气啦。

肚子咕咕叫起来，才想起来还没有吃过晚饭，这么一折腾，已经到了八点多钟，我们就近找了个餐馆。等吃完，已经快十点多了。

"刚才我们为什么不直接回宾馆？"方奇怪地问。

"还记得他们上次追我们到宾馆么？我怀疑这回他们也知道我们住的地方。"事实证明我的揣测是对的。等我们回到房间，发现行李被翻得乱七八糟，衣服甩了一地。他们仿佛在寻找什么，但最后却放弃了。不由分说，我马上找了大堂经理，质问他为什么会这样。他一再道歉，说是保安工作没做好，接着话一转又说，看情形那帮人中

202

有人会开锁，因为他们确定门是锁住的。

我们各自清点了一下，发现并没有少什么东西，但我要求他们退我们房钱，就和经理磨了一会儿。因为我急着走，也做了让步，甚至拿出报警相威胁，最后协议只交了三分之一的房钱。

我们收拾好行李，来到走廊上，刚迈开步子，对面房间也就是朱平平隔壁的房间，门突然开了。从里面走出来四个人，直接就把我们堵在那，我们身后是死胡同，退无可退。

刘唐、楚项东，还有两个身材高大的男子，原来他们一直没走，在我们的隔壁开了个房间，监视我们的动静。等到时机成熟，就出来将我们一网打尽。

百密一疏，我终究还是显得嫩了点儿。

楚项东站在那，死死盯着我和苏小玉。我万念俱灰，经过这么多次的角力，他们终于兵临城下，要和我们正式交锋了。

"她和这事无关，还有他。"我指了指方和朱平平，"你们别动他们。"

刘唐冷笑着，对我们勾勾手指。两个高大身材的男人过来护住我们，把我们押进了刘唐的房间。

一进门其中一个人就把守住门口，另一个把我们逼入了床和墙壁之间的死角。刘唐搬了一张椅子坐在书桌前，而楚项东从一开始，就隔着床盯着苏小玉没有放松。我们四个垂着头，像犯了错误的小学生。我想去勾苏小玉的手却被她甩开了。

我想尽量拖延时间，好想出脱身的计策。"告诉我，你是怎么从满贯老板的手里脱身的？"

"很简单，"刘唐摆出一副知无不言的架势，"我让你死个明白，我和他做了笔交易，所以他就放了我。"

"什么交易？"

"别他妈跟他们废话。"楚项东很粗野地说。

"东哥，"刘唐叫住他，"放心，我已经打了电话，马老板他们已派人过来了。"

"这事还和马培生有关系么？"方问。

"你们知道武汉的赌博机业有一个行会么？"刘唐以一种很奇怪的眼神看着方。

"当然知道。"我说。

"其实不光是在武汉，在整个泛中原地区，都有这样一个行会。你们突然成了行会的大红人，他们都很希望找到你们，所以我就主动要求帮他们找，因为我也想找到你们。"他咬牙切齿地说。

"找到我们干什么？就因为我们喜欢打机？"我继续问，脑袋却一直不停地在想对策。

"他们自有目的，我也有我的目的。"刘唐说。

"先说说你的目的？"

"你撕毁约定，我的目的就是找你报仇，顺便拿到那份我应得的玩法。"刘唐很平静地看看表，"现在离马老板过来还有些时间，他如果肯告诉我的话，我可以少折磨你们一会儿。"他指了指方。

方没有说话，只是站在那里摇摇头。

我突然笑了起来，笑得让所有人都觉得奇怪。楚项东问："你笑什么？"

"你刚才不是说要报仇么？"我突然把衣服一脱，露出精赤的上身，"你来啊？"

楚项东已到了爆发的边缘。他越过床，一个健步冲上前去。我装逼的本事还可以，但论打架就完全不是他的对手，被他一耳光抢

204

中，直接磕在了床头柜上，连上面的电话都被我碰掉了。

"东哥，你别打他。"苏小玉突然跪下来扯住楚项东。

啪！一耳光打得苏小玉的嘴角流出血来。

"我他妈等会再收拾你。"

"你干吗打女人啊？"一直沉默的朱平平爆发了，想冲上去，却被旁边的那个高个子拉住了。

方俯下身去扶苏小玉。她的半个脸都肿了。她捂着脸，发疯似的冲向楚项东，几乎使出了拼命的力气。"你他妈打啊，打死我算了，你以前打我还少吗？"她想用指甲去挖楚项东的脸，马上被楚项东推开了，要不是方再次扶住她，她可能会直接撞在墙上。

他们争取的时间够多了，我听到细微的电话忙音传了出来，很轻，只有俯在电话听筒旁的我才听得到。电话的主机被我塞到了我衣服下面。一开始我就盘算好了，最容易激怒的就是楚项东，我要挨他一拳或是什么的，我会倒地，把床头柜上的电话打翻在地。苏小玉应该会维护我。电话的听筒和机身已经分离，我可以悄悄拨号，8888总台的号码。苏小玉的爆发为我争取了更多的时间，没人注意到我，我把机身和话筒用我的衣服胡乱一盖，等到那边传来喂的声音，房间突然静了一下。

"什么声音？"刘唐看着楚项东发飙，却不阻拦，但听到那么细微的像蚊子扇动翅膀的声音时，却警觉地站了起来。

苏小玉哭着，朱平平还在挣扎，那么剩下的就交给我了。不等楚项东反应，我突然爬起来，抱住他的双腿，如同杀猪般地嚎叫起来："大哥，你要杀就杀我吧，跟她没关系啊。"

"滚。"楚项东扬手暴喝。

我死死抱住他，我要确保听筒里的服务员能听得真切。"你杀我吧。来人啊，杀人啦，407房间杀人啦，快来啊。"我叫的声音都可以掀翻屋顶，事后就连方也说被我吓到了。

楚项东给了我一耳刮子，我也被扇得火辣辣的疼。

"没事，"一个高个子看刘唐站起来说，"这房间隔音很好，而且附近房间都是空的。"

"不对——"刘唐站起来张望一下，惊呼道，"电话！"

"我们经理上去了，你们放心！"服务员吓坏了，扯着嗓子喊。

"混蛋！"楚项东手一翻，手中多了把蝴蝶刀，明晃晃的，很吓人。

咚咚咚，敲门声响起来了。

"东哥，"刘唐握住他的手说，"别糊涂，来日方长。"

"我一定废了他。"他挣扎着说。

"熄灯，他们一进来我们冲出去。"刘唐对其他三人说。

灯突然灭了，我本想趁乱抱住一个，却扑了个空。光线在门砸开的时候漏了进来，他们四个人早就埋伏在门边，等那几个保安冲进来时就逃走了。

我估计人这辈子总会在某地碰到一个刻骨铭心的人，刻骨铭心的事，即使用几十年的时间也无法把那些人事消磨完全，Y市可能就是我这辈子刻骨铭心的地点。它的地位于我，就像滑铁卢之于拿破仑。我不晓得拿破仑离开滑铁卢时做了什么事，说了什么话，总之我对着Y市骂了一声我靠，吹了个口哨，就这么闪人了，说不上潇洒，也谈不上落寞。方和苏小玉，当然还有朱平平也好不到哪去，他们没什么言语，只有疲惫的背影。像是劫后余生的小鸟，又像是被刀拍过的蒜，四分五裂，了无生气。

在离开Y市之前，这些人都困毙了，只有我的精神依旧饱满。当然这不是什么好事，两个女眷的行李都落到了我身上。她们齐声要找个地方好好歇息，因为她们蓬头垢面，皮肤也很差，从而丧失掉了继续前进的信心。鉴于刘唐可能会对警察有所忌惮，应该暂时对我们构不成威胁，而且这次我们吸取教训，找了一家上星的宾馆，走廊到处都是摄像头，每个楼层都有服务员，随传随到。即使这样，我们也只决定休息到晚上就离开。

在经历了最长的一个夜晚后，苏小玉变得前所未有地乖巧，暴戾的脾气逃遁得无影无踪。

"害怕吗？"我拥着她在床上，手指在她的肌肤上划来划去。

"不怕。"她说。

"是不是以前和楚项东在一起的时候，比这还刺激？"我不识抬举地调笑着。

她没有掐我也没有捶我，只是认真地说："我突然觉得和你在一起就什么也不怕了。"

我用手指勾住她的下巴，吻了她，说："你怎么比我还煽情？"

"阿道，咱们真要去澳门么？"苏小玉沉默了一会儿后，问。

"是啊，怎么了？"

"没怎么。"她笑了笑，然后狠狠地搂住我。三五分钟后，居然就这么没心没肺地睡着了。

疲倦这东西，就像性欲一样没个准，要看天时地利人和。折腾了一夜，我现在却是难得的好精神。等苏小玉的呼吸均匀起来，我将胳膊小心地从她的头下抽出来，蹑手蹑脚地穿上拖鞋，溜出了房门。

我和方在睡前就说好了，让他等我一下，我和他有话要说。

路过朱平平的房间，我犹豫地站了一下，碰了碰房间的门把手，又放弃了。但也就是那么一会儿，我想转身的时候，她房间的门突然开了。一只温柔的手从后面把我勾住，她并没有费多大力气，就把我勾在房间的玄关处。她一只手合上门，一只手勾住我的脖子，身子把我压在墙面上。房间的灯光微弱暧昧。

她瞪着眼睛，像一只小猫咪。

"你想怎么样？"我惶惑地问。

"混蛋！"她轻轻地说，"亲完我就想跑么？"

"那要怎么样？"我觉得自己很无厘头。

她看看我，又咬了咬嘴巴。就像昨天晚上那样，她把嘴巴凑了过来。这回要轻车熟路得多，我根本没有拒绝的意思。这个吻不慌张，不激烈，不犹豫，但是依旧炽热似火。有那么一分钟的样子，我和她的舌头纠缠着，就这么搞来搞去，最后她推开我，就像至尊宝推开紫霞仙子那样。

她没有任何言语。我匆匆地被勾来，又匆匆地被她踹出房去，事情完全摸不着任何头脑。这让我觉得自己像个凯子，占了便宜就开溜。我愣在门外，房门已经锁上，我想了想，玩火自焚大概就是现在这个样子吧。很久之前，苏小玉曾经喜欢拿把小剪刀在我的下半身比划，说要是我背叛她，就会得到喀嚓的下场。她言出必行，这是恐怖的所在，但好像我顾不了那么多了。年轻就是这样无理取闹，永远无法控制住自己。

一直到我打开方的房间，还在回味朱平平的嘴唇。方坐在靠窗的桌子上，用手支着头，仿佛经年的石刻。上午的阳光镀在他的身上，金光闪闪的。

"久等了。"我假装客气地说。

"我都快睡着了。"我走过去，坐在他的旁边，点了根烟。

"给我一根。"他伸出手。我想了想，扔了过去。

"想说什么？"他问。

"你有没有觉得事情有些怪？"我问。

"怎么怪？"

"为什么刘唐他们能那么准确地找到我们，而且是一而再再而三的？"

"的确很怪。"我的态度很认真，而方看起来却漫不经心。他抽烟的样子很怪，用食指和大拇指捏住烟嘴，一抽就是一大口。

"他们进过我们的房间，翻过我们的东西，有可能翻到了我们的路线图，可那不足以解释他们为何会连我们所在的宾馆都知道。"

方把嘴里的烟吐干净，被呛了一口，然后从桌上拿起笔记本。他点点头说："的确是这样，否则Y市的那些人不可能知道我们的照片。"

"说起照片，我看过那些照片。虽然拍的人很小心，但还是露出了蛛丝马迹，那并不是在武汉拍的，而是我们在U市打机的时候被拍的，如果刘唐他们在U市就见过我们，那就不可能只拍照了，所以……"

"你是说有内奸么？"方一针见血地说。我点点头。

"你怀疑朱平平？"

"她是最来历不明的一个，尽管她能说出法国风情，还有一口流利的法语和英语，但依然不可信。"我大言不惭地说着，一点也没有顾忌到刚才和朱平平的那股销魂劲。

"是么？"方掐灭了烟，神情萧索。"其实是谁都不重要。"

209

"为什么？"

"袁，我累了。"他扭过头。

"累？"

"你觉得我们真的能到达澳门么？"

"这是我们定下的目标。"我冷冷地说，"就像我们定下要破解机器的目标一样，我们当时遇到了那么多阻力，难道现在会比那个时候还累？"

"和那个时候不一样。那个时候的目标有意义，可是现在就算到了澳门又怎么样呢？难道你真觉得我们靠打机就能这么一直支撑下去？"

"方，你不明白。"我痛苦地抱着头，"快五年了，你的青春能有几年呢？五年的时间，我的青春一片空白，没有去路，都献给了这该死的老虎机，你以为我打机是为了钱么？不错我是需要钱，我甚至觉得靠打机就能成为富翁，可我现在才明白那只是梦想。我们破解了，他们就更新，我们跟不上他们。可是我不服气，我要利用现在我所掌握的报复他们，哪怕是隔靴搔痒，我也要让他们不得安宁。"

方看着我良久，他叹息着说："我倒是从未想过这些。"

"言归正传，走还是留？你自己选吧。"

"那不是我的事情，"方面无表情地说，"一开始的初衷，我就是只想战胜机器，仅此而已。对我来说，我想做的早就完成了。至于后来，我愿意和你一起旅行，是因为我真的觉得很无聊。"

"什么？要去U市？我们不是要去O市么？"苏小玉听完我的决定，马上神经大条地叫起来。

"对啊，为什么要回我们已经去过的地方？"朱平平附和着。

"我自有我的决定，这是票。"我把火车票摊开。

"你什么决定啊？不和我们商量。"苏小玉还是在那嚷。

"商量什么？"我提高声音，给方使了个眼色。

"别吵架，是我的意思。我们要去U市解决一些事情。"

见方发了话，苏小玉和朱平平都闭上了嘴，因为她们从未有过和方争辩的经验，而且方言辞灼灼，不容辩驳。

当天晚上，我们一行人跌跌撞撞地登上了去往U市的火车。

在朱平平回房间收拾东西到她和我们会合，我假意过去和她聊天，目的是想监视她。其实没什么好聊的，我觉得尴尬，毕竟我和她干过一些让苏小玉见不得的勾当。她收拾着东西，听着我说，偶尔抬起眼睛勾勾地看我一眼。等她收拾完毕，在门口看了一下我房间的情形，旋即把门轻轻合上，用胳膊勾住我的脖子。

"你亲亲我。"她吐气如兰地说。

年轻人最不容易的就是控制自己，当时身上的小火苗乱窜起来，我搂住她，把她按在对面的墙上，一面亲吻她，一面开始扯她的衣服。她穿的是及膝的长裙，就在我的手碰到她的大腿时，她突然在我的脖子上咬了一口，推开了我，然后去整理自己的东西。

她到底是什么人呢？一路上我还在想这个问题。

"你脖子上怎么回事？"在卧铺车厢的过道上，苏小玉站在那，指着我的脖子问。

"什么怎么回事？"我没想到那女的咬得那么重。

"你说怎么回事？"苏小玉掏出一面小镜子，"这一圈，是谁咬的？"

我假意借着镜子看了看，然后一把搂住苏小玉，在她耳边轻轻说："这不是你咬的么？"

"我他妈没咬过，你给我说清楚。"苏小玉一把推开我。

"怎么了怎么了？"朱平平跑过来。

"这不是咬痕。"我心虚地申辩。

"你要她看。"苏小玉都快哭了。

朱平平扒着我的身子，大胆妄为地观看着她的杰作，说："是很像，但又不很确定。"

"你看，我时时刻刻都和你在一块，我也不知道什么时候弄上的，怎么会被别人咬呢？唉，方，你劝劝她。"见方上厕所回来，我拉过他，让他跟苏小玉说说，自己却跑到车厢的衔接处抽烟去了。

苏小玉自然不会怀疑到朱平平，私下里我和她交代过，我开始怀疑朱平平了。我们改变了路线，尤其是回到U市，这是刘唐他们绝对不会想到的。如果他们要还是跟上了我们，就会是我们四个人中的一个通知的，而最值得怀疑的就是朱平平，我要苏小玉盯着她的一言一行。事情就是这样，我和方商量过，当面揭穿她，她肯定不会承认。所谓捉奸在床，我们得拿出证据。至于为什么要返回U市，是因为我想到我们是在那里邂逅她的，从哪里开始，便要从哪里结束。

"想什么呢？"朱平平像个幽灵，蓦然出现在我面前。

"没没。"我慌乱地理了一下思绪。

"她睡着了。"她看了一眼外面，"马上就要熄灯了，你也去睡吧。"

我准备走的时候，她又伸手把我挡住了。

"你到底要怎么样？"我小声地问。

"你说呢？"她挑衅地向前探出身子，"你喜不喜欢我？"

我——我语塞了。

"你喜欢我，对不对？要不然你不会吻我。"

"是你吻我的吧。"我笑了笑。

"坏蛋。"她突然软绵绵地倒在我的怀里。

"别搞。"我推开她，"我不想玩火。"

"你就不想把今天没做完的事情做完？"她向前迈出一步，大腿和我的腿厮混在一起。

"想，不过现在不是时候。"我绕开了她的身子。

我一直没有睡着。方和苏小玉睡着之后，朱平平从中铺她的位置探出头，痴痴地看着我。我害怕，害怕她爬下来，像蛇一样粘在我身上。要知道苏小玉离我不过咫尺，我就这样怕着，迷糊地睡着了。

当苏小玉用脚放在我的鼻子边叫我起床的时候，天已经亮了。

故地重游，U市，我们来了。

30

唯心主义者认为，他们见不到的世界便不存在，但事实上U市在我们离开后一直都在运转。我们并没有投住在上次住的那家旅馆。这次的目的，除了揪出朱平平外，还要做的就是验证是不是所有地方的游艺厅都收到了我们的照片，约束我们的存在。如果真是那样，那么一定有一个组织，在联合着这些游艺厅对付我们。如果朱平平属于那股势力，那么她又为何兴师动众地跟在我们身边呢？

鉴于上次的教训，她们两个不再跟我们一起行动，而是选择了逛街。

"你要盯好她，有情况就打我的ＢＰ机。"我叮嘱着苏小玉。

"可是万一楚项东他们跟来了呢？"苏小玉紧张地问。

"不会的。我一直在死死地看着她，她不可能通知到他们。"

故地重游，自然少了很多麻烦。对于我们去过的地方，方都记下了详细的地址。不过我们还是避开了上次遇到麻烦的那家叫兴盛的场子，而是去了另一家叫隆旺旺的场子。

我们小心翼翼地进去，我甚至买了顶帽子故意遮住自己的脸。和我们想得差不多，我们在这里一帆风顺。

我们先是随意玩了一下水果机，没有讨到什么彩头，不过无所谓，我们盯着的是宠物机。这是一家中型场子，和我们上次来的时候有了些变化，本来有三台宠物机，其中的一台被取代了，变成了另一种形式的连线机。我们没有经验，看了一会儿，决定不去触这个霉头。

其中的一台机器上，有两个人已经玩了好大一会儿，被吃了不少分。一个玩得满头大汗，把上衣都脱了。另一个叼着烟留着寸头，一副不在乎的样子。

"上分。"赤膊的喊了一声，递了一百块给伙计，伙计给他们各上了五十块的分，看来两个人是一起的。我对方使了个眼色。

"上分。"我也喊道。当时旁边有不少围观的，方没有像往常一样和我一起玩，他站在我身后，随时给我示意。

方好像不想玩，他一开始站在我的身后，过了一会儿便走动起来，特别在那两个人的身后停了一下，仔细观看。

我的手气不好，看着面板上的显示，这几把有人在连追大赔率的皮卡丘。方和我都不崇尚这种打法。我只是用了几把平均分押法，基本保持自己的分数不会掉得太快。又过了几盘，我上了好几百块的分，但还没有收益，然后我听见方在我身后的咳嗽声，这便是暗示。在那之后，方改良了Z字打法，因为Z字打法的准确率也并不是百发百中，大概60%到70%之间。当我去点大赔率的皮卡丘时，方却拉了一下我的手。

他指了指总的上分板面，原来他们已经押了好几百分的皮卡丘，基本上都快要押满了。他们好像和我们一样都掌握了机器的爆机点。

"别押了，不会中的。"方想了想，在我的耳边说，"押的分已经超过上限，机器会自动溜号的。"

众人觉得有些惊叹，连伙计都跑过来看了。

但就如方所说的，程序失约了，它背弃了盟誓，我逃过了一劫，要不我刚才会把自己的分全押上去。出手狠毒，绝不留情，这就是我的作风。我押的多是中赔率的恐龙，结果中了，回了一些分。

"什么狗屁机器。"那赤膊的拍了一下机器就往外走。

"等等我。"寸头抓起机器上面的烟追了出去。

这个时候我的BP机响了起来，低头看了一下："急回宾馆。朱平平。"

居然是朱平平打来的，我头脑有些乱，跟方说了一声，说不定是出事了，就随便押了几下，便把分数都送了出去。虽然亏了几百块钱，但也无所谓了。

"变难了。"在出租车上，我对方说。方点点头。

"他们是不是也有自己的打法了？"

"没有。我看了看，他们是大约能知道机器吐分的时间，但是仅此而已。"

我想了想也就没太在意。虽然亏了钱，但总的来说是一帆风顺，刘唐他们的手并没有伸得这么远，这真让人安慰。

"对了，为什么是朱平平打电话来？"方提出了疑问。

"不知道。"我皱起了眉头，突然心急火燎起来，不知道出了什么事。

等返回宾馆，我的房间空荡荡的，而朱平平的房间锁着，方的房间也没人，我大声叫着朱平平和苏小玉的名字，却没有得到任何回应。我们招来宾馆的服务员，服务员根本不知二人的去向。

"怎么回事？"我坐在房间的床上，有些着急地问。

方没有回答，只是在四处看看。末了，突然从电视机旁的水杯下面抄起了一张纸条。

"速来春平路经典咖啡39号，朱平平。"他念道。

春平路并不难找，经典咖啡亦是如此，它位于春平路最热闹的街区，坐拥着门前车来车往的繁华。

我深吸了一口气，走了进去。咖啡厅在一楼只有一个门脸作为楼梯，上得二楼，客人并不多，但桌椅的搭配，加上恰到好处的玻璃幕墙，像迷宫一样将我弄得眼花缭乱。

苏小玉坐在靠墙的位置一动不动，看起来面带愠色。透过玻璃幕墙看见她的对面并没有人，那么朱平平在哪呢？

"苏……"这个字刚出口，我就立即发现事情不对了。之前她的视线一直集中在桌子的对面，当她看到我的时候，突然进入暴走状态，就像哥斯拉一样以迅雷不及掩耳之势冲了过来。我还没有反应，她的右手就落在我的左脸上，啪的一声，声音在屋里飘来荡去。

客人们都惊异地站起来看向这边。

"你？"我捂着脸，疑惑地问。

"你个王八蛋。"苏小玉撕心裂肺地叫起来。

我看见从她座位的对面钻出两个人来。很熟悉的面孔，让我如坠冰窖：刘唐和楚项东。他们一直埋伏在她的对面等着我到来。

"我靠，你出卖我？"我怒不可遏。

"出卖你？"苏小玉歇斯底里了，"你做了什么对不起我的事，你自己知道。"

"什么事？"本来还有希望拔腿就跑，但我不能丢下苏小玉，而刘唐和楚项东越过我，将我的退路完全堵死了。

"我做了什么对不起你的事？"我不明白地问。

突然一沓照片砸在我的脸上，又掉落下去。它们分散开来，有的正面朝上，有的背面朝上，那都是些朱平平和我拥吻的照片。

"小玉，事情不是你想的那样，你听我解释。"

"你滚——"苏小玉严厉地说。

"小玉，你别担心，我帮你收拾他。"楚项东安慰地搂着她。

"你别碰她。"我站起来挡他的手。

"你坐下。"刘唐来抓我。

"你们俩都滚远些。"苏小玉打开我和楚项东的手。

"小玉，这到底怎么回事？"我继续问，苏小玉没理我。

"还是我们来告诉你吧。"楚项东点了一根烟，扔了一根给刘唐。我不甘示弱，也掏出一根点上。

"你们找我，不就是想报仇么？现在你们找到了我，让我死个明白，究竟是谁告诉你们我行踪的。"我瞪了他们两个一眼。

"你他妈拽什么？"楚项东一把揪住我的头发，就准备往桌子上磕。苏小玉尖叫一声，拉住他的胳膊。

"贱女人。"楚项东一把甩开她。

"你别动她。"我怒了，使劲地挣开他。

"我不要你管。"苏小玉咬着牙对我说。

"东哥。"刘唐拉了一下楚项东，我们又安静下来。

"我他妈是很想找你报复。"刘唐装成大尾巴狼一样搂住我的肩膀，"你把我害得好惨，你知不知道？"

我冷笑了一下。

"你别笑，我当时好意给你们提供条件，只是想合作，没想到你们却利用我，把应该大家共享的成果给独吞了。就算这样也就罢了，算我自己王八蛋。可是你还出卖我，把老子推到了火坑里。你知道，马老板他们是怎么对付我的吗？"

"你们是狗咬狗，关我什么事？"我盯着苏小玉，她埋着头，不想看我们任何人一眼。

刘唐解开衬衣的扣子，一道赫然的刀疤从胸膛一直划到肚皮。

"如果不是东哥，我他妈就差点被他们废了。"

"也许你们都不知道自己做了什么。"刘唐继续说，"不过我知道，你们搞定了那台机器，并且四处流窜，现在玩这个的都知道你们，而且谣言满天飞，说机器有漏洞，玩起来过瘾。"

"是又怎么样？"我问。

"我当时也像你想的一样，是又怎么样呢？不就是一台机器么？可是你知道么，宠物机是这几年最流行的机器，你也看到了，走到哪都有。你说一台有破绽的机器放在那，场子的老板们会同意么？"刘唐弹了弹烟灰，看了我一眼。

"你什么意思？"我说。

"让我来告诉你吧，现在很多老板还没意识到这个问题，可马老板已经意识到了，因为事情的起源就在他那里。生产宠物机的那家电子厂也知道了，他们现在正在做补丁程序，因为这个问题迟早会暴露，到时更多场子的老板知道就很难收场了。可惜他们的工夫收效甚微，程序这个东西，核心算法很复杂，如果不知道破绽在哪，根本就是防不胜防。为了避免更大的损失，你们也许不知道，那家电子厂的老板委托马老板，务必要找到你们。"

"找我们干什么？"我瞪着眼睛。

"拿到你们的玩法。你们还真牛逼，到现在为止，就你们搞定了那种机器。"

"我把玩法给你们，我以后靠什么吃饭？"

"那我管不着，我能从马老板那走出来的条件，就是帮他找到你们，拿到你们的东西。"

"何必呢，你们看录像不就知道了。"

"嘿嘿，你以为我笨么？这个我也提议过，不过你他妈是精明还是巧合，每次坐的位置，你们的手法，都刚好在摄像机无法拍摄到的位置。"

"巧合。"我说，其实那个是我们故意安排的。

"那你们的运气真好。"刘唐调笑着。

"你先告诉我，是不是照片上这个女的出卖我们的。"

"我不知道。"刘唐耸耸肩，第一次是有人给我的BP机留言，第二次是你们误打误撞进了马老板弟弟的场子，那次我看过你的路线图，谁知你要诈跟我玩阴的，好在这次那个人又给我留言了。

"你盯紧她了吗？"我问苏小玉。

苏小玉还是没答理我，到现在我都不知道她和朱平平之间发生了什么事情。不过事实是，我浪荡一世，这回是栽在别人手里了。根据照片显示，我是在她房间接吻时被拍的，我全然不知。不过到现在我还不知道，她把这些照片给苏小玉看是什么意思，是要把我和苏小玉搅黄？如果加上刘唐说的，事情就更复杂了。

"好了，别扯废话，把我早该知道的东西告诉我吧。"

"真对不起，那个东西具体的我也不知道。"我耸耸肩。

"你不知道？"我的话一说完，楚项东便一拳直扑而来。那时候，苏小玉还趴在桌上哭，没人帮我拉住他的胳膊，那拳七荤八素地打在我的鼻梁骨上，鼻血唰地一下子就喷了出来。

苏小玉又叫了起来。

"没事没事。"刘唐对想过来看看的服务员招呼着，"朋友间掐架呢！"

我不敢说什么，桌下面刘唐正拿刀对着我。苏小玉刚想大叫，但腰身马上一直，想是楚项东的刀子也亮出来了。

"你他妈要再打他，我就喊了。"苏小玉对楚项东说的话，让我的心里一暖。

"你喊，我就捅了你。"楚项东毫不示弱。

"你捅啊。"苏小玉说。

"还真是鸳鸯。"刘唐阴沉沉地说，"谁叫我就捅另一个。"

"我不叫。"我仰着头，苏小玉从她的包里掏出一把卫生纸递给我。我擦干血，就乱七八糟地把鼻孔堵了起来。

"谢谢。"我对苏小玉说，可她就是不肯理我。"你相信我，我绝对没有背叛你。"

"好了，别肉麻了。"楚项东打断我的话，"贱女人，你背叛我，到头来不还是被人背叛。"

"关你什么事？"苏小玉说。

"等会儿你就知道关不关我的事了。"楚项东说着，又面向了我，"快说。"

"东哥，我真不知道。我发誓，你打死我，我也不知道啊。"

"谁不知道你是个小滑头？"刘唐拍着我的脸。

"那个手法太复杂，我也没多问，我真不知道，不过我可以带你们去找我的朋友方，他知道所有的东西。"我瓮声瓮气地说。

"他在哪？"楚项东问。

"在我住的宾馆里。"我说。

"带我们去。"楚项东继续说。

221

“好。”我点头答应。

“等等。”刘唐拦了我一下。

“怎么了？”楚项东不解地问。

“这小子答应得这么干脆，只怕又有诡计吧。”刘唐看着我笑了笑。

“是哦。”楚项东附和道，“上回就是被这小子给阴了。”说完，伸手扇了一下我的头。

“我们人都在你手里，还能有什么诡计？”我惨笑着。我已黔驴技穷，苏小玉被他楚项东用刀逼着，虽说一日夫妻百日恩，但我想楚项东绝对不会是个念惜旧情的人。投鼠忌器，不过如此。

可是我越这样说，刘唐的疑心就越重。

“从这到你们住的那宾馆有多远？”他问。

“十五分钟的车。”我说。

“这样，我跟你去取，苏小玉由东哥带着，我保证一旦我拿到东西东哥就放人。”刘唐说。

“不行。”我断然拒绝。

“你觉得你有资本和我们谈条件么？”楚项东看了看我。

“如果一定要这样，那我和她换，让她去拿，我在你们手里。”我说。

“谁要跟你换。”苏小玉冷不丁地插话进来。

“别意气用事了。”我大声说，“我说了事情不是你想的那样。”

“争什么？你觉得我们会同意么？”刘唐喝道。

“这算是交换的条件，不同意你捅了我，我也不会干。”我斜眼看着他。

"我不用你的恩惠。"苏小玉打断我，白了我一眼，"我好久都没见着东子了，我还想好好和他亲热亲热呢。"她说这话的时候，带着一丝媚态，一丝威胁，一丝不屑，轻易就把我的心弄成了粉末。

　　"小玉！"我的声音变成恳求。

　　"是不？东子？"苏小玉伸手搭在楚项东的肩膀上。

　　我拍了一下桌子，指着刘唐说："你跟我去。"苏小玉快把我的肺气炸了。说完我又指着楚项东："你要是敢动她，我就跟你没完。"

　　"你他妈的跟我拽什么？"楚项东甩手就给了我一巴掌。

　　"好了，都老相识了。"刘唐劝着架，"东哥，带小玉姐去老地方等我，我半个小时后就能回来。"

　　那是1999年8月，U市的阳光像是攻城的箭矢一样密密匝匝。袁逍被人陷害，女朋友落入了别人的手中，而且自身难保。少年心急如焚，呼吸着炽热的空气，像涸泽的鱼。

31

　　出租车到我的宾馆只用了十分钟的时间，期间无数的对策划过我的脑海，苏小玉的命运会如何？按刘唐的说法，他们是旧相识，在这半个小时可以发生很多事情，我的心里横七竖八地躺着无数的心事，让我无法平静。

　　"别耍花样。"上电梯的时候刘唐说，"想不到你真有本事，连东哥的女人也搞得定。"

　　"你知道个屁。"我懒得理他。

　　"我看出来你很喜欢嫂子，那就不要再乱搞嘛。"刘唐嬉笑着，仿佛已经胜券在握。

　　"闭上你的嘴。"

　　"我再提醒你，别耍花样，否则东哥就会带着那个女人到你再也找不到的地方。"

　　我还在琢磨如果见到朱平平，到底要怎么质问她，可是等我上了楼，服务员却正在打扫朱平平的房间。我去敲方的房间，也没有丝毫反应。

　　"他们一起都走了。"服务员告诉我。

　　"什么？"我的情绪有些崩溃。

"什么时候？"

"十几分钟前吧。"

我回到自己的房间，把衣服脱掉狠狠地甩在床上。

"你自己想办法，别忘记苏小玉。"刘唐靠在墙边盯着我。

我在屋子里瞎转。这到底是他妈的怎么回事，方说留下来等我们的，难道我被甩了？

"他好像给你留了言。"刘唐抄起电视机旁的一张纸条。

"我看看。"我夺了过来。

纸条上歪斜地写着几个字："袁，我走了，对不起。方。L hgos。"

我想把纸条揉烂，方看起来是和朱平平私奔了。但结尾的那几个字母是什么意思？这几个字母写得很奇怪。一笔一画都很工整，特别是hgos这几个字母，很像微型电子计算器里面输入的数字。

"想到办法没啊？"刘唐逼问我。

"别吵，让我想想。"方真的就这么走了？我想了一会儿，没什么头绪。

01134。我突然想起那天的情景。方一见到我，就拿着微型计算器输了这几个数字在我的眼前晃。

"干什么啊？"我拨开他的手。

"跟你说HELLO啊。"他说，"没看我倒着拿嘛。"

"倒着拿？"

"对啊，你没觉得这些数字倒过来都对应一个英文字母啊？"

回忆像是青荇一样扰动着我的思路，方不可能写着几个多余的字母留给我。我试着把这几个字母用机输的写法倒过来写了一遍。

"2064, 7。"我念道。

"什么意思?"刘唐问。

"他肯定是被人胁迫了,想靠这个字条告诉我他的下落。"

2064。我的脑子拼命地转。不是房间号,不是BP机号,不是,什么都不是,那能是什么?我焦躁地站起来,不小心把垃圾桶踢翻了,扔在里面的废弃火车票从里面飘了出来。就像冥冥中注定一样,我乘的是1106次普快,四个数字和2064遥遥呼应起来。

我拿起电话,拨到了前台。

"你干什么?"刘唐以为我要报警。

"我打前台。"我咬牙切齿地告诉他,"喂,你们能帮我订火车票么?"

"可以,不过需要三十块的手续费。"前台的小姐说。

"可以,帮我查查有没有2064这趟车。"

"请稍等——有的,先生,你是要卧铺还是硬座?"

"是去哪的?"

"武汉。"

"几点?"

"17点21分……"她还没说完,我就挂了电话,收拾东西。

刘唐莫名其妙地看着我。

"火车站,17点21分2064车7号车厢。"

"真的假的?"刘唐不相信地看着我。

"你信不信我?"

"不太信。"

"那东西你不想要了?我们就这一个机会了,就当试试。"

“现在已经是4点50了。”他看了看表。

“所以要快。”我心急火燎地说，“通知楚项东和苏小玉了么？”

“时间很紧，我怕来不及了。我让他们坐下一班车去。”

“你别耍我，否则你拿不到你想要的。”

“你别耍我就行。”他冷笑着说。

　　我们已经非常赶了，但等我们赶到的时候，火车还是不留情面地拒绝了我们。那时候正赶上学生返校，人流增加很多，而客票的检查也变严了起来。买站台票什么的已经来不及，我想伪装成送人的样子也被拒之门外。我在火车站外直跺脚，火车隆隆，已经开始了它的行程。

“怎么办？”刘唐问我。

“叫上苏小玉。”我气喘吁吁地说，“我们租个的士，去2064的下一站。”

“恐怕不可能。”刘唐讥笑我，“不怕告诉你，东哥带着嫂子正回武汉了！”

“你骗我！”我万念俱灰。

“我是以防万一。东哥跟她没感情了，你放心，事情完了我们就完璧归赵。”

“你别告诉我，他们也在这趟车上。”我突然想起来。

“当然没有，是马老板派车接他们的。”

“那你别想见到方了。”我警告他。

“你可以试试，你也别想再见到苏小玉了。”

　　最终的结果，是我和刘唐单独上了的士，赶往2064次车会停靠的下一小站。由于苏小玉一时赌气，事情变得一发不可收拾，她也没有告诉我她和朱平平之间到底发生了什么。

这就是混沌。

一路无话，开始的时候没有出租车师傅愿意带我们。那时世道不太平，可能也因为我们的德行跟截道的相差无几。无奈我们又加了50块钱，重赏之下才有勇夫。我们让那个师傅开快点，师傅也够意思，铆足了劲，丝毫不给火车情面。因此我们到的时候，有充足的时间买票甚至在站里抽了一支烟。

"你说是谁胁迫了他？"我说。

"我怎么知道？"他说。

"会不会也是冲那个东西来的？"

"有可能。"他表面轻松，可是我看出他有些紧张。

"那东西有那么重要么？"

"我拿不回去，以后就别想在武汉混了，你说重要不重要？"

说话的时候，火车呼啸而至了。

我们上了车，无座。天色已经完全黑了下来，我们上不了7号车厢，因为那是卧铺。所以我们在餐车等了一会儿，便凭着江湖经验混进了卧铺车厢。

在进入软卧7号车厢前我还在想，等会儿要怎么挨个寻找他们的位置，最重要的是朱平平，她到底是和方一起被胁迫走了，还是她就是胁迫方的人？正寻思着，我已跨进了车厢大门。事情并没有我想的那样复杂。

我一踏进狭窄的过道，就看见了朱平平，她也看见了我。

"真是阴魂不散。"她说。

刘唐假装事不关己地站在离我不远的位置，遮住了自己的脸。这小子真聪明，一看事情不对应变得还真快。

　　我懒得管他。那间软卧的门半掩着，透过缝隙我看见方端坐在里面，他的旁边和对面各坐着个青年男子，死死地看住他。事情再明显不过，方是被胁迫者。在他没看见我之前，朱平平就把门合上了。

　　"这边。"她冲着刘唐那边的车厢尽头晃了晃头，示意我跟过去。她越过刘唐的时候，刘唐扭过头来，我和刘唐交换了一个眼色，便跟了过去。

　　"你真是道貌岸然的人。"我走过去，她为自己点了一根烟，并递给我一根。她平常见着烟就会掩起鼻子，现在看她抽烟的样子，老练潇洒，不让须眉。

　　"你就这么说差点跟你上床的人？"她媚眼如丝地看着我。

　　"你的眼睛真漂亮。"我啧啧地说，"可是心……"

　　"心怎么？"

　　"心如蛇蝎。"

　　"你知道什么？"

　　"我什么也不知道，我只知道我被你骗得很苦。"

　　"想知道么？"

　　"你最好一五一十地说出来，否则我要你好看！"我猛地向前一步，掐住她的脖子，掐得很厉害。

　　"放……手。"我根本没有放手的意思。

　　"我说放手啊！"我感觉手上一阵疼痛，没想到这个女人还是个练家子。她叼住我的手腕，身子一扭就轻易滑出了我的手心。

　　"有一套。"我惨笑着，手被她反转到了后面。

　　"你怎么这么粗鲁？"

229

"我本来就粗鲁，你还不知道。"我揉着手腕说。

"在床上么？"她笑道。

"你让我恶心了。"我冷冷地说。

"呵呵，是吗？我们俩都是道貌岸然的人，不是么？"

"别废话，事情都已经这样了，给我个明白。"

"我也很想明白，你是怎么找到这里来的？"

"方的留言，那些字母透露了你们坐的火车信息。"

"我就不该良心发现，让他给你留言，我还奇怪那些字母到底是什么意思呢！难怪他还要看我的火车票。"

"好了，说吧。"我瞧着她，充满了憎恶。

"从哪里说起呢？"她想了想，"就从我第一次见到你说起吧，那还是在武汉马培生的办公室门前。"

"我早该想到的。"我皱皱眉头。

"差点被你识破了，不是吗？"她歪着头看我。

"我只是被你的可爱骗到了。"

"我的确很可爱。"她得意地说，"当再见到你们的时候，我一眼就认出了你。"

"你的记性真好。"

"不是记性好，是你长得帅嘛。"她瞟了我一眼。

"你胁迫方到底是什么目的？"

"你真心急。"她伸出手指戳了我一下，"你听我慢慢说嘛。你们知道自己干了什么事情吧？"

"我还真不知道。"

"我是说你们对宠物机做的事情。"她的声音陡然冷淡起来，像冰块一样。"你知道，这对别人的生活有多大影响么？你知道

230

么？"她郑重其事地看着我，"我就是生产宠物世界那家电子厂老板的女儿。"

我想躲在旁边偷听的刘唐和我听到这个消息的感觉是一样的，很震惊。那么按照刘唐所说，他们俩应该是一丘之貉才对。

"难怪。"我点点头。

"之前我本来是无忧无虑的小丫头，你知不知道，我现在做的所有事情都是瞒着我父亲的。"

"你们不是拜托马培生来帮你们搞定这些事情么？"

"马培生？你说的是他的那些废物？"她冷笑了一下，"你知不知道在U市的宾馆为什么会遇到我？你以为那是巧合，是缘分？"

"我现在知道不是了。"

"他们连收集情报都不知道，一开始马培生跟我父亲说这个事情的时候，他马上紧张起来了，因为事情可大可小，闹不好就会惹退货潮。"

"有那么夸张？"

"当然有，之前就发生过这样的事情，就是你们这样的人弄的。那个厂资金周期不灵，结果破产了，有了前车之鉴，我父亲当然很小心。马培生是我父亲多年的老朋友，所以他告诉我父亲的时候，他还很高兴。马培生的人认识你们，以为可以很容易找到你们。可是我没想到他的手下那么笨，在武汉根本找不到你们。连马培生自己也被你们涮了一把。更危险的是，你已经开始在各地转悠了，F市，C市，U市，到处乱窜。关于我们厂机器的问题很可能就被你们传播开来，可是马培生那帮人还不知道你们离开了武汉，甚至连最基本的搜集情报也不会。没办法，我只好瞒着父亲出去找你们。他们太笨了，我不费吹灰之力就找到了你们。"

"然后你就开始耍我们，是么？"我插话进来。

她看着车窗外急掠的风景，说："不过那天晚上在窗台相遇，的确是缘分哦。"

"是么？"

"是的。我一找到你们，开始还想靠自己把你们的东西套出来，其实我完全不懂这个。你们也不信任我，每次玩的时候都用手盖着，我根本看不见你们的玩法。我甚至还想从那个木瓜的笔记里找一下，看能不能有所发现。谁知道他笔记本不离身，我仅有的几次翻看也毫无发现，上面乱七八糟的。"

"先说明，盖手只是我们的习惯。"

"就是那个该死的习惯，我们曾经在机器上加了遥控装置，可惜无法看见你们押分的情况，根本难以操作。所以没办法，我只好通知马培生的人过来，谁知道他们居然扑了个空，而且还三番两次没搞定，真是可笑。"

"他们是够蠢的。那Y市那些场子拒绝我们进去呢？"

"那些照片也是我弄的，为了防止你们把影响扩大，我让人把你们的照片发到各地的场子，说你们是打机高手，直到你们落入马培生兄弟的手里，那是连我都没想到的。我以为你们会被抓住，但是我在那时得到了一个震惊的消息。"

"什么消息？"

"马培生在要我父亲，他在得到消息之后的第一时间就通知我父亲。讽刺的是，那么多年的老朋友，他却以此要挟，要我父亲拿50万来买这个该死的破解法，否则就会把事情搞大。

"我知道后都要疯了，我苦心经营，最后却点了我父亲的死穴，你知道我有多痛苦么？"

"没看出来。"我漠然地说。

"还好，你们又一次脱离险境了。那个时候我决定不能再拖了，我在你们要去的O市安排好人，你们一到就准备和你们摊牌。没想到你真够精的，居然改变了行程，回到了U市，还找苏小玉一直盯着我。"

"你终于要说到重点了，那些照片怎么回事？"

"我喜欢你啊，所以拍了那些照片。"她笑着说。

"别逗了，那根本就是蓄谋已久。"

"我真的喜欢你。"她突然靠在我的胸膛上，"那时候我不知道为什么会吻你，你比我小，或许我是个聪明人，也被你的聪明吸引吧，可惜最终还是我比较聪明。"

我推开她。

"是真的，"她温柔地说，"我拍下那些照片，是想着你知道了真相后肯定会讨厌我，我只是想和你留个纪念，但没想到最后却派上了大用场，你在听吗？"

"我俯首帖耳地在听。"

"前天晚上我和方谈过，说有重要的事情找他，要单独和他谈。但我摆脱不了苏小玉，也就无法叫我的人，她跟我跟得可真紧。是你交代的吧？"

我默认。

"那个时候我已经知道你是不知道破解方法的，所以我才只找方，而方和你去打机了。为了摆脱掉你们两个，我给苏小玉看了那些照片，她心神大乱，质问我甚至想打我。我利用那个间隙，通知了也在U市的刘唐，我本来想通知我的人，可他们的神通也不小，居然也知道你们回了U市。然后我再把你骗过去，这样方才会按照我和他的约定留下。这就是全部。"

"你也太狠了吧，怎么说我也算是你的相好。"

"比起我父亲的厂，你算什么？"

"那也不至于把我和苏小玉出卖给刘唐吧。"

"我要为带走方争取时间，我要让马培生竹篮打水一场空。"

"你做到了。"

"可惜啊，千算万算，我没想到你会跟上我。"

"如果还有我呢？"雪亮的刀光一闪，刘唐从车厢的后面闪了出来。

"原来你是马培生的狗，我还没注意到你呢。"她把头转向我，"你怎么和他同流合污了？"

"都是你造的孽，苏小玉在他们手上。"

"那正好，别管她了，咱俩好吧。"

"你混蛋！"我骂道。

"你又能怎么样呢？"她对着刀子微笑，一点也不害怕。

"如果我们挟持你，去换里面那个人，你说他们会不会答应？"刘唐向前踏出一步，然而也就是这么一步，车厢后突然闪出一个人，眼疾手快，对着刘唐的手就是一拳，直接把刘唐的刀子打落在地，接着又给了刘唐一脚。朱平平和刘唐换了个位置，她不再受到我们的威胁，她的身后站着一个体形宽阔的汉子，蔑视着我们。

"看来我们只好走了。"我耸耸肩。

"他可以滚了，回去告诉马培生，就说东西我拿到了，谢谢他的好意。"朱平平甩甩手。

刘唐面如死灰，不再说话。

"那我呢？"我问。

"我们交情好，我带你去见见方。"

"哦？你这么好心？"我不相信地问。

"你帮我劝劝他，本来都和他谈好，但他又临时变卦了，至于苏小玉，你放心，等我解决了厂的事情，会出面找马培生要人的。"

"你的心地真好。"

"我一直是这样。"

"那你走吧，"我转过身对刘唐说，"把刀子留给我。"

"苏小玉——"刘唐还不死心。

"我会给你交代的。"我小声地在刘唐耳边说，"现在人在他们手里，你们最好别动苏小玉，也别把她交给马培生，你听到了，那个东西值50万，难道你没什么想法吗？"

刘唐瞪着眼睛看了我一眼。

"我建议你连楚项东也支走，我来想办法拿到那东西，钱我们两人分。"我镇静地说着。

"你当真？"刘唐低声问。

"你去帮我找到苏小玉，到了武汉，我会联系你的。现在他们人多，我去和我朋友谈谈，你走吧。"

在卧铺车厢那个狭小封闭的环境里，我见到了方。他总是这样，即使在这种情况下见到我，也不悲，不喜，不惊，只是像见到老朋友一样。当我的阴影笼罩在他脸上，他仰起头说："我知道你会来。"

我点点头。车厢的门被关上了，朱平平站在那监视着我们。

"小玉呢？她怎么没来？"方问。

"她有事，没能来。"朱平平抢在我的前头说。

"方，你告诉我，到底是怎么回事？"

"袁，你自私过没有？"他问我。

"有啊，我还曾想从你嘴里把宠物机的打法套出来，然后甩掉你呢。"

"你骗我。"方笑了笑。

"是真的。"我摸摸他的头。

"她私底下和我谈判，说用五万块买我的秘密，这些是我没告诉你的。"方低下头。

"我现在不是已经知道了么？"

"你找苏小玉的时候，其实我和她在谈判，我本来想独自拥有这些钱的。"

"你可以的，为你的聪明。"

"可我改变了想法，我想要等你回来再和她谈，但已经晚了，她的人胁迫我跟他们走。"

"你不是给我留言了么？"我握住他的胳膊。

"可是我几乎迈出了出卖你的第一步。"方的表情有些痛苦。

"算了，都过去了。"我抱住他，轻声在他耳边耳语，"小玉出事了，不要惊讶。"

方的演技还算可以，只是干瞪着眼睛看着我。我站起来说："朱平平，你赢了。"

"其实我可以一毛钱不给你们的。"她笑着点点头。

"你一定要带走方么？"我问。

"是的。"她说。

"我让他直接告诉你不就得了。"我说。

"那我怎么知道是真是假，得等回去演示给我们的程序员看才可以。"

"那你得快，得跟马培生抢时间。"

"什么意思？"她追问。

"方，也许你都不知道，你看看，本子上那记着具体打法的那一页还在么？"我突然把头转向方。

方闻言有些惊讶，拿出那个大本子仔细翻看起来。

"别找了。"我把头转向他，对他眨了一下眼睛，"我已经把它偷走了。"

"啊？浑蛋，真的么？"朱平平上前去拿方的本子。

"的确不在了。"方指着本子上的一页撕痕说，"原本是在这里的。"

朱平平翻看起来，以方记载东西的方式我敢担保她根本看不出什么。然后她把本子扔给方，对我说："又是你的诡计，如果你真的有，为什么不直接交给刘唐他们，这样……"她把话锋停了下来，很显然依旧不想让方知道苏小玉的事。

"我的确可以，我回宾馆本来就是要取那样东西，可我发现方和你都不在，于是我改变了主意。所以说方，不是你一个人自私，我正准备把你甩了的时候，没想到你先出手了。"

"我知道你在想什么，"我看着眼睛直打转的她说，"你想把我也扣留起来，这样我就无法拿东西去和马培生交易了，可惜我已经把东西寄出去了。收信人是我大学同学，他在武汉，如果他见不到我，就会把东西拿去见马培生的。我相信就算方告诉了你们答案，你们要写补丁程序也要些时日，马培生拿到东西，即使敲不成你父亲的竹杠，但他要是把谣言变成铁板钉钉的事实，我想，在你们补丁出来之前，退货的也会把你们厂挤炸了。"

"你以为，这些三脚猫的伎俩能把我骗倒？"朱平平大笑。

"我们可以赌啊。"我目不转睛地和她对视。当时车厢里有空调，可是我的后背却还是被汗水浸得湿透。我心里完全没有底，悄悄将苏小玉出事的事情告诉方，再在方不知情的情况下编上这个谎言。其实东西还在他的笔记本上，那撕痕是当时方的导师留下的。

"我没有别的意思。"朱平平还在犹豫，"现在如果马培生知道他的想法破产了，新仇旧恨，你觉得他会放过苏小玉么？"

"苏小玉怎么了？"方很适时地插上一句。

"小玉被马培生的人抓走了。方，路怎么走你自己选吧。"

"你想怎么样？"朱平平动了动嘴唇。

"方会对你说你想要的东西，不过那要在我和马培生的交易完成之后。方，在此之前，我不许你把东西告诉她，你答应我么？"

方点点头。

"方！"朱平平吼道。

"是你把苏小玉送到他们手上的，你要为此负责。"我恶狠狠地说，"否则我会要你的命。"我向前一步，掏出刀子吓唬她一下。

"你放心，我不会给马培生真正的东西，况且方还在你们手上。"我说话的时候，朱平平背着手把车厢的门拉开了。

"放我出去。"我冷冷地说。

"要是不放呢？"朱平平身后的两个汉子丝毫没让开的意思。

"那我就叫啊，这是火车。"我说着就要往外挤。

"让他走。"朱平平示意两个人让开。

"方，记得我说的话。"方点了点头。

"还有你，"我指着朱平平，"把你的电话告诉我，我会联系你的。如果你不放心，你可以监视我和马培生交易的情况，别在方身

238

上动脑筋，否则我会把我知道的都告诉他。你就是迟几天而已，如果这个都不行，我会报警解决问题。"

"等等。"朱平平拦住我。

火车慢了下来，马上就要到下一个站了。

"你们看着他，别让他去找乘警，把他从这个站赶下去。"

我下了火车，站在那里目送着列车从我身旁轻而易举地经过。一列列的车，如同奔腾的水。在水声里，我突然听到一声尖叫。

"王八蛋。"那一声尖叫淹没在火车的呼啸声里。

"小玉。"我追了上去。

苏小玉在火车上看见了我。原来她在这列火车上，楚项东在车厢里把探出头骂我的苏小玉往里拽。

"袁逍——"这是我最后一次听见她的声音。我追了一会儿，她却被火车带走了。

风中冰凉的水滴打在我的脸上，是苏小玉的泪水么？我不知道，我从未尝试过这样刻骨铭心的别离，这样的无可奈何。

我蹲在地上，狠狠地捶击着站台的地面。

过了很久，我出了车站，准备搭汽车回武汉。路过电话亭的时候，我打了刘唐的BP机，我不知道他是不是和楚项东在一起。不管怎样，有些事情，我一定要告诉他。

32

　　命运流转，构成的是一个绝妙的圆。从哪里来，还是要回哪里去。就如我来的时候是孤身一人，现在回到武汉依旧没有改变。我找了个地方随意睡了一晚。宾馆的房间让我想起苏小玉，可是我必须强迫自己睡觉，因为我必须养足精神，还有很多事情等着我去做。

　　我灵机一动和方的配合，不知道能不能骗过朱平平，我手上根本什么都没有，我只希望她能投鼠忌器。还有我给刘唐打了电话，让他不要把苏小玉交给马培生，可是现在刘唐知道方已经在朱平平的手上，我要怎么才能把这样乱成麻的关系理清呢？

　　后天，就是后天，朱平平、刘唐、马培生，这三个人缺一不可，我要一锅把他们全部烩了。

　　无法入睡，我拿出宾馆黄页上的武汉地图，仔细研究起来。

　　第二天，我一大早就起来了，跑到电子市场和劳保市场，买了些我需要的东西。我身上剩下的钱不多了，大部分的钱都在苏小玉身上，但我还是硬着头皮去找体院上次帮过我的丁宽，但这次我没了现钱。这种人和我没有交情可言，他拒绝帮我。无所谓，我迅速地返回房间，找来纸和笔，开始勾画所有的事情。

　　如果方在就好了，我咬着笔头想着。

吃完晚饭，我先是去了明天要去的地方进行实地测试，然后给每个人打电话。

首先是朱平平，她正苦恼于方的不开口和担心我手上真的有货，我告诉她明天的时间和地点，她必须带方到场，我会在搞定苏小玉之后，把本来该交给马培生的东西交给她，然后让方开口。

"万一你手上还有复印件怎么办？"

"方在你手上，你可以等事件完全解决后再放人。"我给了她一颗定心丸，"我一旦换回苏小玉，我们都可以在你的手上。"

接着就是刘唐，出于贪心，他果然没把苏小玉交给马培生。

"明天，用什么交易？你朋友不是在那女人手上了么？"

"我手上有玩法的资料，是在火车上从我朋友的包里偷的，你拿这个东西一样可以要挟那个女人。当然她手上有我朋友，我们不可能要到那么多钱，只能威胁她要公布出去，相信也能捞个十来万。"我说完，刘唐也动了心。

剩下的便只有马培生了，我好不容易才问到他的大哥大号码。

"是你个小王八蛋啊。"他口气不善。

"你找的人没搞定我们，我已经知道事情的经过了。"

"废话，什么经过？"

"你电子厂朋友的女儿告诉我的，她是不是叫朱平平？"

"你想怎么样？"

"我有你想要的东西，但我要五万块钱。"

"我想一想。"

马培生是在半夜给我回的电话。跟我想的一样，他还不知道朱平平手里有了方。

我躺在床上，闭上眼睛。明天将是我最后的表演。

约会地点定在富丽广场，那里人山人海，童叟无欺，是玩乐购物的好去处。如果你足够普通的话，再穿上足够大众的衣服，混迹其间，瞬间就可以把你淹没得无影无踪。至于我混在哪，自然是最安全又可以观察我想要的全局的地方。

我打开对讲机开始调试频率，开始是滋滋的杂音，接着有城管和商场保安用方言普通话对话的声音，我懒得管它。昨天我去电子市场买了四个比较专业的对讲机，并且用了很长时间学习使用方法，凭我聪明的脑子和英俊的面孔，这根本是小菜一碟。一大早我托马培生门口一个半大的孩子把这个交给了他，并让他在9点钟赶到富丽广场的四楼，一去就打开他的对讲机，但在我让他说话之前不要说话。

刘唐比他要早到十分钟，我已经用BP机告诉他对讲机在三楼到四楼拐角的垃圾桶旁边的黑袋子里。我可以看清楚他的一言一行，但他并不知道我的位置，这真他妈刺激。而刘唐这小子居然也跟我玩了一个花样，我没有看见苏小玉和楚项东。他依照吩咐打开了机器。

此刻我还不能让他上四楼，因为我还不知道苏小玉在哪。

我看了看表，时间刚刚好，马培生应该到了。我下了楼梯，来到四楼。

"滋滋，刘唐。"我找了位置呼叫他。这个声音马培生可能听不见，因为我用的是低频率，穿透效果不是很好。

"是你？"声音很清晰，那个老板没有骗老子。"你在玩什么花样？"我看见他站在女性内衣的专柜那里，用手掩着话筒说。

"苏小玉呢？"我问。

"你在哪儿？"他没回答我。

"在你看不见的地方。"我说。

"你到底在玩什么？"他向四周张望。

"我问你苏小玉呢？"我继续强迫他。

"她也在你看不见的地方。"

"你要我？"

"跟你学的。"

"不用了。"我冷冷地说，"我已经看见她了。"

"不可能。"刘唐有些慌张地看向不远处的一个铺子，这真是愚蠢的举动。楚项东戴着帽子，拉着苏小玉的胳膊，中间还用衣服搭在一起，相信是用刀子逼住苏小玉。苏小玉不言不语，像个木偶一样靠在他身上。她瘦了，变得苍白憔悴，无力四顾左右。即使环顾，也不能看到我。

"好了，别看了。"我对刘唐说，"你把他们叫过来，我们解决问题。"

"浑蛋。"他骂道。

我没理会他，他还在四处看，想发现我的踪迹，不过这根本就是徒然的。我看到了马培生，他带着四个手下盘踞在四楼的一角。

四楼是个游艺场和玩具城，在它的中央坐落着富丽堂皇的蹦蹦床城堡，有旋转木马还有玩具火车。今天是星期六，虽然小孩子的身材不易遮挡视线，但好在还有那么多的大人。这里远比下面几层要嘈杂和热闹。

我站的位置，估摸着是刘唐和马培生都能听到。

"刘唐——"我呼呼地说话，一边看着马培生拿起对讲机，不按照约定就开始咋呼，于是我赶紧说："趁马老板不在，你想怎么样？"

"你说我想怎么样？"刘唐找不到我的位置，很是着急。

这招很灵，马培生闻言就不说话了。人都是有偷窥欲的。他只是招呼着手下，寻找我或者刘唐的位置，刘唐也不笨，他让楚项东把苏小玉交给自己。我这才注意到，苏小玉整个人软绵绵的，没有精神，估计是怕惹麻烦给她灌了安眠药。他让楚项东去寻找我。

"只要你把苏小玉放了，我就把手上的资料给你。"

"我都没看到你，怎么把她交给你？"

"我看得到你，你穿着红格子衬衣嘛，你把她放了，我就和你交易。"我怕马培生插话，就赶紧又加上一句，"我知道你想绕过马老板，把东西直接交给电子厂，东西我可以给你，但你要分我钱。"

"分多少？"刘唐的意愿暴露无遗。

"我只要三万块钱。"我说。

"好，快把东西给我。"他说着。

这时候我看了看表，琢磨着朱平平和她的人也该到了。这女人很聪明，隐藏得很好，我没有发现她，但她手里有方，有恃无恐。但我想聪明的人总会多疑，就像我一样做事面面俱到，总怕有所遗漏。我也为她准备了对讲机，希望她现在已经打开，可能正在收听城管的广播，我为她准备了更高的频率。

"喂，你说话啊。"刘唐没有听见我的声音更加着急了。

"马老板，你也听到了，刘唐他就在三楼，你帮我把苏小玉夺回来，我就给你资料。"

"你手上真有资料？"马培生终于开口了。

"什么？"刘唐无语了。

"刘唐，你个龟儿子想出卖我？"

"他在三楼。"我看着刘唐，对姓马的说，"我真的有，马老板你要相信我。"

"可是你在……"

"等你帮我救了苏小玉我会去找你的。"我没理会他们，关了对讲机，开始调到朱平平的频道。

刘唐，跑吧。我在心里祝福他，同时一面下楼一面开始接通朱平平。

"朱平平，如果你在听的话，就赶到三楼的安全通道，帮我阻止马培生的人进去，否则我会把资料交给马培生的。"

"唉。"朱平平果然在。

我关了对讲机，接通了刘唐，他还带着苏小玉，跑起来很不方便。楚项东已不见踪影，估计是看到了马培生的人了。

"下面走不通，朱平平的人正在上来。"我告诉刘唐，"上面电梯也不行，走安全通道吧。"

"妈的，混蛋，你到底是在帮谁？"

"当然是帮你，我在安全通道等你。"

"要我怎么相信你？"

"你相信钱就行了。我这么做是要证明给朱平平看，我的确有那份资料。"

"你他妈玩大了。"刘唐把对讲机揣好，拉着虚弱的苏小玉往三楼的安全通道跑去。

马培生的人就算没发现刘唐，也听到了对讲机的话，他们已经赶了过来。朱平平的人也恰到好处地赶到，5对4，不知道谁的胜算大一些。

"让一下。"慌张的刘唐显然没认出我来，其实我一直就在他可以看见的地方，只是我用的是对讲机的耳机在说话，更重要的是，我穿的是商场保安的衣服。我把大檐帽压得很低，在刘唐钻进安全通道的时候，跟了进去。

在我的后面，朱平平和马培生各带着人马在对峙，他们谁也不敢轻举妄动。

"刘唐，你还跑什么？"我在他身后说。

他转过头，大汗淋漓。我用早已准备好的警用三节棍狠狠地敲在了他的头上。他却笑了笑，身体开始下坠。

"小玉。"苏小玉的眼睛眯着，可能已经认不得我，刘唐却牵连着她的胳膊往下坠。挡在苏小玉和刘唐胳膊上的衣物掉了下来。我这才注意到他们的手上连着一副手铐。

我的心冷了，百密一疏，昨天在劳保市场我就应该也买一副手铐的。

我怕苏小玉疼，便把她放在了地上。我在刘唐的身上搜着钥匙。夏天的衣服很单薄，根本什么都没有。

"你是在找这个么？"楼梯上传来了脚步声。我扭过头，楚项东拿着亮晶晶的钥匙站在我的面前。

"你怎么在这？"我想去夺钥匙。

"你以为就你和刘唐聪明么？我早就知道这小子在被你耍，而他也想撇开我单练。我早就看到你了，你以为你穿个保安制服就能瞒过我？"

"你早就躲在这了？"

"别废话了。"楚项东还是那么简单粗暴，"你把东西给我，我给你钥匙。"

"不能给他。"朱平平抢先进来了。

"给我。"马培生的人也进来了，"楚项东，你以为拿到东西后还能走出去么？"

"我有东西的话，这位朱平平小姐肯定会保护我的，她肯定知道我的要价比马老板你的要便宜很多。"

"我一毛钱也不会给。"朱平平转过头看着我说，"方还在我手上。"

安全通道的大门开了，一个粗壮的汉子押着方过来了。

"原来是这个小子！"马培生马上意识到问题的严重。

我跪在苏小玉的身边，看了看方。

"袁……"方很憔悴，"从一开始我们都没有想到事情会闹到今天这个样子。"

"妈的！"马培生突然大叫着，抄起旁边喽啰手中的棒子使劲地往方的头上砸去。

"方！"我大叫着。

朱平平想要阻止，但已经来不及了，方的运动神经本来就很差，他身后的保镖想要有所反应，却被马培生的喽啰抱住。

棒子被打成了两段，方眼睁睁地看着棒子落在他的头上，然后是一线殷红的血流淌而下。

"袁。"他吐了一个字，和苏小玉一样也倒在我的脚边。

我过去扶住他，声音嘶哑地呼唤他的名字。他昏了过去，毫无反应，所有的人都愣住了。

"好了，现在这个方什么的已经不行了，你把东西给我。"马培生把手伸到我的面前。

我什么也顾不上了，抓起马培生的手使劲地咬了下去。他一声惨叫，我的嘴里全是血。

"我他妈什么都没有，我他妈骗你们的，骗你，骗你，还有你，你们所有人！你们他妈这帮混蛋！搞我的女人，还打我朋友，我他妈跟你们拼了。"

"给我打。"这几拨人再也没有了顾忌，喊打的声音四起，一片混战。

我没有管别人，就死死地盯着马培生下手，三节棍像是雨点一样往下落。马培生抱着头，然后我就什么也记不得了，因为我的后脑勺也被人重重敲了一下。

我醒来时，苏小玉趴在我的身边睡着了，就像当年我在她的床边睡着一样，所有的混乱终于到此为止。我事后才知道，商场的保安通知了警察，他们所有人都被搞定了。方躺在我隔壁的病床上，他还在昏迷，医生说并无大碍。

我伸出手，悬空在苏小玉的脸上，动了动手指。我隔着虚空抚摸着她，害怕把她惊醒了。

苏小玉睁开了眼睛，说："你又在玩这个？"

"嗯哼。"我笑了笑。

"你原谅我了么？"我问。

"没有。"苏小玉咬着嘴巴说。

"那为什么坐在我的床边？"我板起面孔说。

"因为我想通了，男人就是经不起诱惑。"她有些释然地说，"而且我知道，那个女人也亲过方。"

"这样想来，朱平平是一个多么可怕的女人，为了目的，全面撒网。"

"再说，你那么拼命地救我。"她把头靠在我的肚子上，"是我不好，要是我不任性就不会有这么多事情。"

"你知道就好。"我拍拍她的头。

"可是你可以报警啊！"她突然意识到什么似的，抬起头来。

"我想过啊，不过那样多没智力啊！"

"骗谁呢？"苏小玉暖洋洋地靠过来，"你是怕我出事，才没有报警的，对不对？"

"就算是吧。"我伸手把床边的窗帘拉开，阳光和煦。两情相悦，天长地久，似乎没有比这更好的了。我看了看那边床上还未醒来的方，我相信他一定会醒来的，因为阳光爬在他的脸上，一片祥和。

人生是否有像老虎机一样，有着投机的过法？我不知道。我们浑浑噩噩，不知所谓，总想要用最轻易的方式度过人生的煎熬。

我总是在想，如果我没经历过那样的岁月，人生到底会是个什么样子？我们都曾疯狂地迷恋某些东西，以为可以靠那些微薄迟暮的希望就可以生存，支撑一生。可是真的可以么？我难以知晓。我没有戒掉打机，偶尔还会去玩一下。只是江湖岁月催人老，以前我玩的机器、熟悉的板型早已更新换代好几次了。

我偶尔还会听到那些年轻的后生，谈论最近又在哪挖了几百几千块钱，哪有他们擅长的机型。他们成群结队，甚至后来我上网的时候，也看见有人发帖，结伴去寻找适合自己的机型。

只是那些机型最终也会消失的，将命运交给这样一个易碎的东西，想来一定是很虚无的吧。

苏小玉最终还是没和我在一起。可是我们曾经在一起过，这似乎就足够了。而方，他醒过来了，却丧失了大段的记忆，甚至连我都认不得了。朱平平拿走了他的笔记本，再也没有踪迹。他的记忆停留在什么地方，连他自己也讲不清楚。

我以病友的身份和他重新结识，又继续开始费力地和他交流。

那些过往，我们做的所有事情，我们认识，我们吃饭，我们打机，我们在火车上，我们在宾馆，我们他妈的统统所有，都不在他的脑海中留存分毫。

不过这样也好，记忆是痛苦的根源，能忘记便是福气，就让那些往事，痛苦或欢乐，让我一个人背负好了。只是在2003年，在我毕业工作两年之后，我攒了一大笔钱，约方一起去了澳门。

当我站在澳门葡京酒店几百台老虎机面前时，突然蹲了下去，痛哭流涕。我想到了苏小玉，想到我们曾经在星辰下许的诺言，就像我们的青春，转眼便什么都不剩下了。

"你怎么了？"方递过来纸巾。

"我也不知道。"我又笑了起来，"咱们玩去吧。"

这种情绪真他妈扯淡，我扔掉纸巾，飞也似的淹没在人山人海之中。

图书在版编目（CIP）数据

门萨的学徒 / 李海洋著. –– 北京：新星出版社，2010.3

ISBN 978-7-80225-825-9

Ⅰ.①门… Ⅱ.①李… Ⅲ.①长篇小说—中国—当代 Ⅳ.①I247.5

中国版本图书馆CIP数据核字(2009)第232163号

门萨的学徒

李海洋 著

责任编辑：许 彬

责任印制：韦 舰

出版发行：新星出版社

出 版 人：谢 刚

社　　址：北京市东城区金宝街67号隆基大厦　　100005

网　　址：www.newstarpress.com

电　　话：010–65270477

传　　真：010–65270449

法律顾问：北京市大成律师事务所

读者服务：010–65267400 service@newstarpress.com

邮购地址：北京市东城区金宝街67号隆基大厦　　100005

印　　刷：北京凯达印务有限公司

开　　本：890×1230　1/32

印　　张：8

字　　数：131千字

版　　次：2010年3月第一版　2010年3月第一次印刷

书　　号：ISBN 978-7-80225-825-9

定　　价：25.00 元

版权专有，违版必究；如有质量问题，请与出版社联系更换